AF214606

Tucholsky   Wagner   Zola   Scott   Sydow   Freud   Schlegel
Turgenev   Wallace   Fonatne
Twain   Walther von der Vogelweide   Fouqué   Friedrich II. von Preußen
Weber   Freiligrath
Fechner   Weiße Rose   von Fallersleben   Kant   Ernst   Frey
Fichte   Richthofen   Frommel
Fehrs   Engels   Fielding   Hölderlin
Faber   Flaubert   Eichendorff   Tacitus   Dumas
Feuerbach   Maximilian I. von Habsburg   Fock   Eliasberg   Zweig   Ebner Eschenbach
Ewald   Eliot   Vergil
Goethe   Elisabeth von Österreich   London
Mendelssohn   Balzac   Shakespeare   Dostojewski   Ganghofer
Lichtenberg   Rathenau   Doyle   Gjellerup
Trackl   Stevenson   Tolstoi   Hambruch
Mommsen   Lenz   Hanrieder   Droste-Hülshoff
Thoma   von Arnim   Hägele
Dach   Verne   Hauff   Humboldt
Reuter   Rousseau   Hagen   Hauptmann   Gautier
Karrillon   Garschin   Defoe   Baudelaire
Damaschke   Descartes   Hebbel
Hegel   Kussmaul   Herder
Wolfram von Eschenbach   Dickens   Schopenhauer   Rilke   George
Bronner   Darwin   Melville   Grimm Jerome   Bebel   Proust
Campe   Horváth   Aristoteles   Barlach   Voltaire   Federer
Bismarck   Vigny   Gengenbach   Heine   Herodot
Storm   Casanova   Tersteegen   Gilm   Grillparzer   Georgy
Chamberlain   Lessing   Langbein   Gryphius
Brentano   Claudius   Schiller   Lafontaine
Strachwitz   Schilling   Kralik   Iffland   Sokrates
Katharina II. von Rußland   Bellamy   Gerstäcker   Raabe   Gibbon   Tschechow
Löns   Hesse   Hoffmann   Gogol   Wilde   Gleim   Vulpius
Luther   Heym   Hofmannsthal   Klee   Hölty   Morgenstern
Roth   Heyse   Klopstock   Kleist   Goedicke
Luxemburg   Puschkin   Homer   Mörike
Machiavelli   La Roche   Horaz   Musil
Navarra   Aurel   Musset   Kierkegaard   Kraft   Kraus
Nestroy   Marie de France   Lamprecht   Kind   Kirchhoff   Hugo   Moltke
Laotse   Ipsen   Liebknecht
Nietzsche   Nansen   Ringelnatz
Marx   Lassalle   Gorki   Klett   Leibniz
von Ossietzky   May   vom Stein   Lawrence   Irving
Petalozzi   Platon   Knigge
Sachs   Poe   Pückler   Michelangelo   Kock   Kafka
Liebermann   Korolenko
de Sade   Praetorius   Mistral   Zetkin

Die kleine Mama

Paul Heyse

Impressum

Autor: Paul Heyse
Umschlagkonzept: toepferschumann, Berlin

Verlag: tradition GmbH, Hamburg
ISBN: 978-3-8424-0591-2
Printed in Germany

Ziel der TREDITION CLASSICS ist es, tausende deutsch- und
fremdsprachige Klassiker wieder in Buchform verfügbar zu
machen. Die Werke wurden eingescannt und digitalisiert. Dadurch
können etwaige Fehler nicht komplett ausgeschlossen werden.
Unsere Kooperationspartner und wir von tradition versuchen, die
Werke bestmöglich zu bearbeiten. Sollten Sie trotzdem einen Fehler
finden, bitten wir diesen zu entschuldigen. Die Rechtschreibung der
Originalausgabe wurde unverändert übernommen. Daher können
sich hinsichtlich der Schreibweise Widersprüche zu der heutigen
Rechtschreibung ergeben.

Text der Originalausgabe

Paul Heyse

Die kleine Mama

(1865)

In einer stillen Frühlingsnacht, die auf einen stürmischen Tag gefolgt war, saß ein Mädchen wobei seiner einsamen Lampe noch wach, da in den übrigen Zimmern des alten Hauses schon seit einer Stunde alle Lichter ausgelöscht waren. Auch hörten die engen Straßen der kleinen nordischen Stadt, obwohl es noch nicht weit über zehn Uhr war, keinen anderen Fußtritt mehr, als den des Wächters, der von Zeit zu Zeit unter dem hellen Fenster stehen blieb und mit besonderem Nachdruck seine Warnung, das Feuer und das Licht zu verwahren, hinaufsang. Das Fenster droben war nur angelehnt. Der Nachtwind hauchte über die Hyazinthenflora, die auf dem Simse stand, kühl ins Zimmer und machte die kleine Lampe flackern. Das Mädchen zog ein paar Mal das braune Tuch, in das sie sich eingewickelt hatte, fester um die Schultern, schloß aber den Fensterflügel nicht, sondern horchte über das Buch auf ihren Knieen hinweg nachdenklich in die schlafende Stadt hinaus auf die Viertelstundenschläge von der Stadtkirche. Gegenüber dem Großvaterstuhl, in dem sie lag, stand ein Tischchen mit einem sauberen Tuch überbreitet. Ein kleiner Theekessel summte darauf, ein einfaches kaltes Abendessen und ein einzelnes Gedeck waren mit einer gewissen Zierlichkeit hergerichtet und ein leerer Stuhl der Lampe gegenübergerückt. Im Uebrigen sah es in dem großen niedrigen Zimmer nicht nach einem Frauenregiment aus. Alte vergilbte Kupferstiche, Oelskizzen, antike Statuenfragmente verzierten Wände und Möbel in malerischer Unordnung, und den grünen Kachelofen bekrönte der Abguß eines korinthischen Säulenkapitäls, der von Rauch und Staub gebräunt war. Jetzt, in der stillen Nachtstunde, da die Lampe die ferneren Ecken des Zimmers in tiefem Schatten ließ, nahm sich die bunte Gesellschaft fast unheimlich aus. Das Fremdeste war hier einander so nahe gerückt, daß nichts recht zu Hause schien.

Nun schlug es Elf; die Leserin warf den kleinen blauen Band, in dem sie geblättert hatte, ungeduldig auf das alte Sopha und trat ans Fenster. Sie war nicht mehr in der ersten Jugend, das Gesicht trug den Ausdruck einer entschlossenen Seele, die Manches durchgekämpft hat und gleichgültig geworden ist gegen alle vergänglichen Reize. Aber wer den ernsten Kopf länger betrachtete, dem schien es bald, als ob nur Leben und Schicksale nicht hätten reifen lassen, was die Natur mit diesen Zügen gewollt hatte. Stirn und Augen waren vom reinsten Schnitt, die Wange breit und kräftig geschwungen, und einige leichte Narben von den Blattern entstellten nicht die feine Linie des Profils. Nur einen Hauch von Jugend, Glück oder Leichtsinn, so hätte auch der seltsam strenge Mund lieblich erscheinen müssen.

Denn plötzlich erschien sie schon als eine Andere, als sie hinaushorchend einen raschen Schritt auf der Gasse vernahm, der sich dem Hause näherte, und eine halblaute Stimme, die, während der Hausschlüssel im Schloß umgedreht wurde, eine Walzermelodie zu ihr hinaufsummte. Endlich! sagte sie und trat vom Fenster zurück. Es ist spät genug. Und wie kommt's, daß er singt? Am Ende hat er ein Glas Wein im Kopf, und für mein Warten hab' ich's nun, daß ich ihn wieder nüchtern predigen muß.

Sie lauschte in den Flur hinunter. Es kam ein elastischer, stäter Schritt die Treppe hinauf, ohne Lärm zu machen. So scheint's doch noch nicht arg zu sein, sagte sie beruhigter zu sich selbst. Aber daß er sich aufs Singen verlegt –

Indem öffnete sich die Thür, und ein hochgewachsener Jüngling, der nicht über neunzehn Jahr haben konnte, trat mit freundlicher Geberde ins Zimmer.

Guten Abend, kleine Mama, sagte er, die Mütze abnehmend und das buschige fahlblonde Haar zurückstreichend. Heut ist's lange geworden. Aber warum hast du auch aufbleiben wollen? Ich sagte es dir voraus. Es war ja die letzte Tanzstunde für diesen Winter, und da gab's ordentlich eine Art Ball, und hätten wir nicht unter unsern Herren und Damen auch so blutjunge Herrschaften, die Geschichte wäre noch nicht zu Ende. Aber einige von den Tänzern wurden von ihren Dienstmädchen abgeholt, obwohl sie's um die Welt nicht eingestanden hätten, und da durften wir die Mitternacht nicht heranwalzen. Du hast indeß ein wenig genickt, will ich hoffen.

Nein, mein Sohn, erwiederte sie in gelassenem Tone. Wenn man große Kinder in die Welt schickt, halten einen die Muttersorgen zu Hause wach. Am Ende aber hätte ich wohl besser gethan, zu Bett zu gehen, als auf den langen Nachtschwärmer mit meiner Theemaschine zu warten; denn wie ich merke, hat der Herr Leichtfuß seinen Durst bereits gelöscht, und der häusliche Thee wird ihm schal und langweilig vorkommen.

Und woran willst du das gemerkt haben, kleine Mama? erwiederte er heiter, indem er sich setzte und seine langen Gliedmaßen so gut es ging unter das kleine Tischchen streckte.

Weil es das erste Mal ist, daß der junge Herr *singend* nach Hause gekommen ist. Und diesen ungewöhnlichen Anlauf der Natur, das ihr Versagte zu leisten – freilich war es auch danach! – kann man doch nicht aus gewöhnlichen Ursachen herleiten.

Er lachte. Was ich für eine kluge kleine Mama besitze! sagte er. Aber sie ist doch noch nicht hinter das ganze Geheimniß gekommen. Irgendwo in mir ist es freilich nicht mehr ganz richtig; aber der Störenfried sitzt nicht im Oberstübchen, wie du argwöhnst. Der zahme Punsch bei Bürgermeisters nimmt viel zu viel Rücksichten auf die liebe Jugend von Obertertia, um unsereinem gefährlich zu werden. Ueberhaupt, was die leibliche Nahrung betrifft, bin ich so nüchtern, daß diese deine Vorräthe von Fleisch und Butterbrod es spüren werden. Ich kann das Kuchenwerk nicht ausstehen, mit dem man auf so Bällen gefüttert wird. Nein, kleine Mama, gieß mir nur immer einen Löffel Arak mehr als sonst in den Thee, vielleicht dämpft ein Rausch den andern. Denn wie gesagt, irgendwo sitzt mir's, irgendwo brennt was, irgendwo –

Er sah sie halb kläglich, halb schalkhaft an, und seine dunkelblauen Augen blitzten. – Walter, sagte sie, fast verdutzt, ich will doch nicht hoffen –

Der Jüngling griff, wie in Verlegenheit, nach einem Butterbrode und fing mit tiefsinnigem Ernst an zu essen. Niemand entgeht seinem Schicksal, sagte er, behaglich kauend. Früher oder später muß ja doch einmal das *erste* Mal kommen. Und wenn man neunzehn Jahr alt geworden ist, wird es nachgerade Ehrensache, sich so gut wie jeder Andere –

Er stockte wieder. Kinderpossen! sagte sie lachend. Ich glaube gar, der unnütze Junge will sich und mir einreden, er sei verliebt!

Nichts Geringeres, als das, erwiederte der Jüngling und trank die Tasse Thee, die sie ihm bereitet hatte, auf Einen Zug aus. Wenigstens sind alle Anzeichen dieser lebensgefährlichen Krankheit vorhanden.

Vor Allem ein ungewöhnlicher Appetit und zwölf Takte einer Walzermelodie, die so falsch herauskamen, daß sich der Muskelmann dort in der Ecke gewiß gern die Ohren zugehalten hätte, wenn seine Hände etwas mobiler wären. Und wer hat dieses Wunder gewirkt, wenn man fragen darf?

Das helle Gesicht des Jünglings, dessen Hauptreiz eine lustige Offenheit und Jugendfrische war, nahm plötzlich einen geheimnißvoll verschmitzten Ausdruck an. Rathe! sagte er. Ich bin, wie du siehst, noch zu sehr mit meiner Stärkung beschäftigt, um eine regelrechte Beichte abzulegen.

Und damit machte er sich über seinen Teller her und schnitt große Stücke von einem dunkelrothen Schinken herunter.

Sie hatte ihren Lehnstuhl nah an das Tischchen herangezogen und sah ihm ruhig ins Gesicht. – Als ob noch viel herumzurathen wäre, sagte sie, wenn man die Tänzerinnen sämmtlich zu kennen die Ehre hat und von dem leichtsinnigen Kavalier und seinen starken und schwachen Seiten mehr weiß, als er selber. Auch ist es ja längst bekannt, daß das Beste für unsern übermüthigen Junker gerade gut genug ist, und wer von den Töchtern der Stadt wird in Allem, was junge Thoren bethört, der Tochter unseres hochgebietenden Bürgermeisters den Vorrang streitig machen? Fand ich nicht auch auf einem gewissen Zeichenbrett erst vor wenig Tagen den Namen »Flora« in den schönsten Arabesken ausgeführt?

Dein Thee ist stark, kleine Mama, erwiederte der Jüngling mit verstelltem Ernst. Aber dein Ahnungsvermögen ist nur schwach. Ich will nicht läugnen, fuhr er mit flüchtigem Erröthen fort, daß ich diese kleine glatte Schlange, die sich so gewandt durch Alles durchwindet, wo ich zehnmal stecken bleibe, – daß ich sie, will ich sagen, *bewundert* habe; ja es mag auch sein, daß ich meine Ungeschicklichkeiten ihr gegenüber mir selber weniger übel nahm, wenn ich mir vorredete, ich sei nur verlegen aus Liebe, die ja auch weitläufigere Menschen unbeholfen und einfältig machen soll. Aber heute sind mir die Augen darüber aufgegangen, daß von *Liebe* zwischen uns keine Rede sein kann. Denn ich möchte schwören, daß, wenn man durch ein gewisses weißes Florkleid sehen könnte, man nichts unter der linken Brust entdecken würde, als eine Tanzkarte und eine Nummer der Modenzeitung.

Und was berechtigt den jungen Herrn zu diesem schwarzen Verdacht? Sicherlich wird hier wieder einmal einem harmlosen Frauenzimmer das Herz abgesprochen, weil sie nur für gewisse Leute kein Herz hat.

Wir haben unsere Beweise, sagte der Jüngling ernsthaft. Ich halte mich nicht für den größten Menschenkenner, und habe mich auch richtig wieder eine Weile betrügen lassen. Den ganzen Winter hindurch hättest du nur sehen sollen, wie diese hoffnungsvolle kleine Delila mir um den Bart ging – bildlich gesprochen; denn die paar rothen Flaumhaare können freilich noch nicht zählen. Das ging auch ganz mit rechten Dingen zu. Denn obwohl ich gottserbärmlich schlecht tanze, nie weiß, ob Walzer oder Schottisch und mit welchem Fuß zuerst angetreten wird, so war ich doch immer ihr erklärter Günstling; denn ich war der Aelteste in der ganzen Gesellschaft und konnte schon für einen Mann und Ritter gelten. –

Ein Hecht unter den Backfischen, Schaltete die Zuhörerin ruhig ein.

Meinethalben! *Sie* nahm mich für *voll*, und warum sollte ich mir's nicht gefallen lassen? Bei andern weiblichen Wesen – und er lächelte gutmütig – werde ich wohl mein Lebtag nicht als mündig gelten, und wenn ich auch durch die Stubendecke wachse und in ganzen Bartwäldern starre.

Sicherlich, sagte sie. *Mein* »kleiner Walter« bleibst du, und wenn du Großvater bist. Denn ich, als deine kleine Mama, werde mich stets für deine dummen Streiche verantwortlich fühlen, und es ist Aussicht vorhanden, daß du deren machen wirst, so lange du lebst.

Kann sein, erwiederte er und lachte. Aber heut hab' ich deiner Erziehung alle Ehre gemacht. Das hochmütige Ding nämlich, unsere Ballkönigin, fand mich heut sogar zu den üblichen Sklavendiensten zu schlecht. Es war da ein junger Herr vom Stadtgericht, der aus Herablassung mittanzte und mich, als ich hereintrat in meinem einfachen schwarzen Rock und baumwollenen Handschuhen, von oben bis unten durch eine Lorgnette besah. Er selbst nämlich war in Frack und Glacé, und da begreift sich's, daß er mich völlig ausstach. Aber wirst du glauben, daß sie plötzlich kaum noch die Fingerspitzen für mich hatte? O Weiber, Weiber!

Keine Generalverdammung, muß ich bitten!

Behüte! sagte er. Es giebt Engel unter eurem Geschlecht, einige, die ich nicht nennen will, mit feurigen Schwertern, andere aber, Engel schlechtweg, die noch dazu ihre Flügel unter ganz bescheidenen Mousselinkleidern verstecken.

Zum Exempel?

Wie ich nämlich von der Versicherung, daß Fräulein Flora schon alle Tänze vergeben habe, noch ganz verblüfft dastehe, fällt mein Blick auf ein Gesicht, das ich bisher so gut wie übersehen hatte, weil es freilich nicht so schlangenhaft zu lächeln und zu locken versteht, wie andere Gesichter. Aber jetzt sah ich zwei stille sanfte Augen auf mich geheftet, die mir zu sagen schienen: wir hätten dich schon längst gewarnt, dich nicht mit einem Eisblock einzulassen, aber du hattest ja keinen Blick für uns! und so weiter, was einem Augen nur immer sagen können. Und da war ich kein Narr und schritt, mit einem königlichen Anstand, sag' ich dir –

Ich sehe ihn! schaltete sie trocken ein. Du bist unterwegs nur einigen Damen auf die Kleider getreten und hast ein paar Stühle umgeworfen.

Diesmal nicht, du unnatürliche Mutter, die von ihrem Zögling immer das Schlimmste denkt. Wie ein geborener Prinz ging ich auf Lottchen zu. –

Lottchen Klaas? Ich ertheile dir meinen mütterlichen Segen, sagte sie feierlich. *Diese* erste Liebe macht mir allerdings nicht die Sorge, daß sie dich zu lange von ernsthafteren Dingen abziehen wird. Nur bitte ich mir aus, daß du dem guten Mädchen nichts in den Kopf setzest, hörst du?

Was denkst du von mir? sagte er treuherzig. Ich habe den ganzen Abend kein Wort mit ihr gesprochen, das ich nicht eben so gut an ein siebzigjähriges Fräulein hätte richten können.

Da wird sie freilich von deiner Unterhaltung sehr erbaut gewesen sein.

Hm, sagte er, sie brachte sie selbst aufs Tapet. Sie wußte, daß ich nicht ganz zufrieden damit bin, hier beim Pflegevater zu hocken und es über einen leidlichen Stuben- und Decorationsmaler nicht hinaufzubringen. Wer's ihr nur gesagt haben mag, daß ich lieber heut als morgen fortginge, um irgendwo in eine Bauschule zu kommen und noch einmal einen ordentlichen Architekten aus mir zu machen? Genug, sie fing davon an –

Und du konntest nicht wieder davon aufhören, wie ich dich kenne.

Freilich nicht. Aber es schien sie gar nicht zu langweilen. Und dazwischen tanzten wir natürlich, und ich kam mir diesen Abend besonders geschickt vor, denn du kannst dir nicht denken, wie gut sie es verstand, mir nachzuhelfen, so daß wir nur selten aus dem Takt kamen und beim Contretanz mit einer ganz kleinen Confusion uns aus der Affaire zogen. Sie ist wirklich ein himmlisch gutes Mädchen, und ich glaube, eine bessere Gelegenheit, zu einer ersten Liebe zu kommen, werde ich in Jahr und Tag nicht finden. Da sieh – und er zog eine Handvoll Cotillonorden aus der Westentasche – die alle werfe ich in den Ofen, aber die dunkelrothe Schleife da kommt von *ihr*, die wird aufgehoben und heute Nacht unter mein Kopfkissen gelegt, und es müßte nicht mit rechten Dingen zugehen, wenn ich morgen nicht kreuzverliebt aufwachte.

Also soll es erst über Nacht kommen? sagte sie und strich ihm neckend mit der Hand übers Haar. Armer Junge, da fürchte ich, daß es gute Wege damit hat. Morgen ist Sonntag. Wenn du erst wieder über deinen Zeichnungen sitzest, wird dir eine schlanke Säule oder ein hübsches Ornament liebenswürdiger vorkommen, als alle Lottchen der Welt. Und wahrhaftig, mein Junge, es ist auch eben kein Schade. Du kommst noch früh genug dazu.

Sie schwieg und sah nachdenklich in das blaue Spiritusflämmchen unter dem Kessel, das mit traulichem Summen ihre Reden begleitet hatte. Auch er war still geworden, seufzte einmal und schob endlich den leeren Teller zurück.

Kleine Mama, sagte er, mir ist beinahe, als ob du Recht behalten solltest. Jedenfalls weißt du mehr davon als ich. Sag mir doch einmal ehrlich und so vertraulich, wie man zu einem erwachsenen Sohn sprechen kann: Wie lang ist's wohl her, daß du deine erste Liebe geliebt hast, und warum ist nichts draus geworden, wie ja übrigens aus keiner ordentlichen ersten Liebe was werden soll?

Es flog ein Schatten über ihr Gesicht. Vorwitz ist Kindern niemals nütz, sagte sie kurzangebunden. Hole lieber unsere Weltgeschichte aus dem Schrank, daß wir noch ein Kapitel lesen können vor dem Schlafengehen.

Heute nicht, kleine Mama, bat er. Es würde heut noch mehr als sonst vergebene Mühe sein, diese alten Geschichten in meinen harten Kopf zu bringen. Erzähl du mir lieber was; du hast es ja sonst oft genug gethan, wie ich noch ein Knabe war. Du weißt wohl, wie oft ich auf dem Schemel da zu deinen Füßen gesessen habe und zugehört, wie du mir vom Kaiser Oktavian und den Heymonskindern die schönen Geschichten erzählt hast. Komm – und er stand auf und kauerte sich, ehe sie's hindern konnte, auf das Fußbänkchen vor ihrem Lehnstuhl nieder – da sitz' ich, meine kleine Mutter, und jetzt fang an. Am Ende profitire ich mehr von einer alten Liebesgeschichte, als von allen Völkerschlachten und Mord und Todtschlag, die du für meine Bildung so notwendig findest.

Er lehnte den Kopf mit dem dichten Haar, der an ihren Knieen ruhte, weit zurück und sah sie von unten auf mit einer Miene an, der nicht leicht zu widerstehen war.

Du unnützer, neugieriger Junge, sagte sie, du pochst darauf, daß ich dich verzogen habe, und meinst, ich könne dir nichts abschlagen. Steh aber nur auf und geh zu Bette und laß dir die naseweisen Gedanken vergehen, ob deine kleine Mutter, die nächst Gott für dich die größte Respektsperson sein soll, auch einmal so ein grünes junges Gänschen war, wie du heute Abend ihrer mehr als genug gesehen hast. – Nun? wird es dem jungen Herrn gefällig sein?

Er rührte sich nicht vom Fleck.

Wozu die vielen Umstände? sagte er lustig. Am Ende thust du ja doch immer, was ich will, weil ich natürlich immer nur was Vernünftiges will. Und diese deine alte Liebesgeschichte *muß* ich nun einmal erfahren, damit ich nicht so dumm dabeistehe, wenn Andere ihre Glossen darüber machen, daß du nicht geheirathet hast, obwohl –

Obwohl?

Nun, obwohl du einmal sehr hübsch gewesen sein müssest, wie sie sagen, und –

Wie *Wer* sagt?

Mehr als Einer, erst gestern noch unser Geselle, der Peter Lars; und dann brauch' ich übrigens auch nur meine Augen aufzumachen.

Wirklich?

Das heißt, ehrlich gestanden, erst seit gestern. Als Peter Lars davon sprach, daß er dich wohl vor zehn Jahren gesehen haben möchte, als du zuerst zu dem Meister ins Haus kamst, da fiel mir's selber erst ein, daß du mir damals sehr gefallen hattest. Ich hatte wahrhaftig in der ganzen Zeit nicht mehr daran gedacht, ob du überhaupt hübsch oder häßlich seiest. Du warst meine kleine Mama, und damit gut. Nun muß ich selber sagen: der Peter Lars, ob ich ihn auch sonst nicht leiden mag, darin hat er Recht.

Daß ich hübsch *gewesen* bin? Schönen Dank!

Nein, sagte er errötend, so mußt du's nicht aufnehmen. Ich meine, du hast ein Gesicht, das sich in einem halben Menschenleben nicht gar viel ändern kann.

Wohl! erwiederte sie ruhig. Ein Gesicht, das nie jung gewesen, kann auch nicht viel altern, bis einmal die Haare weiß werden.

Eine Stille folgte auf diese Worte; auch das summende Flämmchen unter dem Theekessel erlosch plötzlich. Nach einer Weile sagte das Mädchen:

Ich thue mir Unrecht. Ich bin so gut jung gewesen, wie die Glücklichsten und Leichtsinnigsten. Daß es so früh damit aus war, ist nicht meine Schuld.

Er schwieg und horchte mit verhaltenem Athem. Er konnte, da sein Haupt noch immer in ihrem Schooße lag, deutlich spüren, daß in der Erinnerung an alte Zeit ihre Glieder ein Zittern durchrieselte, von dem sie selber sich kaum Rechenschaft gab.

Wessen Schuld war es? fragte er endlich leise, die Augen starr nach der Zimmerdecke gerichtet, wo über dem Cylinder der kleinen Lampe ein leuchtender Ring schwebte.

Es ist zwar keine lange Geschichte, erwiederte sie, aber weder hübsch noch neu; warum soll ich sie dir also erzählen? Freilich, wenn du meine Tochter wärst, statt mein Sohn zu sein, so hätt' ich dich nicht neunzehn Jahr alt werden lassen, ohne sie dir zu erzählen. Es hätte dir am Ende *auch* nichts geholfen, aber ich hätte doch damit meine Mutterpflicht erfüllt. Jetzt, da du *auch* ein Mann bist, was soll ich dir erst lange sagen, daß ihr Männer ein habsüchtiges Geschlecht seid? Weißt du's noch nicht, so wirst du's über kurz oder lang an dir selber erleben.

Habsüchtig? Meine kleine Mama kennt mich wohl besser.

Sie legte ihm die beiden gefalteten Hände sacht über die Stirn. Du hast Recht, mein Junge, sagte sie bewegt. Wenn du wärst, wie die Andern, hätt' ich mir nicht elf ganze Jahre lang die Mühe gegeben, dir aus den Kinderschuhen herauszuhelfen. Du wirst auch nie *werden*, wie die Meisten sind. Kannst du dir auch nur *vorstellen*, wie ein Mann einem Mädchen die Treue bricht, weil sie ihm erklärt, daß sie keinen anderen Reichthum habe, als ihre siebzehn Jahre und einen guten Namen und ihre rothen Wangen?

Unwillkürlich fuhr er von seinem Sitz empor; er sagte aber nichts, sondern ging nur ein paar Mal durchs Zimmer und warf sich dann wieder vor ihrem Sessel nieder. Laß mich Alles wissen, sagte er.

Was ist noch weiter zu wissen nöthig? sprach sie ernst. Was liegt an Namen und Ort und Stunde? Ich denke selbst nicht mehr daran, nur daß es mich plötzlich alt gemacht hat, das kann ich freilich nicht vergessen, das sagt mir der Spiegel jeden Tag.

Er sagt dir nicht die Wahrheit, warf der Jüngling ein. Ich habe dich wohl beobachtet: wenn du mit dir allein bist oder Jemand ansiehst, den du nicht magst, kannst du wohl so böse, menschenfeindliche Augen machen, daß man sich fürchtet. Aber mit mir, oder wenn du heiter bist und gar einmal lachst, da kommt mir's vor, als ob alle Mädchen in der Stadt nicht so jung und hübsch wären, wie meine kleine Mama.

Sie schlug ihn leicht auf den Mund. Wir sind nicht mehr in der Tanzstunde, sagte sie, wo es angebracht ist, galante Reden zu führen. Uebrigens versteh' ich wohl deine gute Absicht, mich über alte Geschichten zu trösten. Das habe ich nicht nöthig, mein Junge. Daß ich dieses »Glück« verscherzt, darüber bin ich längst ruhig und dankbar gegen meinen Schöpfer. Denn wirst du es glauben? Wenige Monate, nachdem Alles aus war zwischen uns und er sich inzwischen um eine Reichere beworben hatte, war der Zufall schadenfroh genug, durch eine Erbschaft, an die Niemand gedacht hatte, mich und meine ältere Schwester plötzlich zu guten Partieen zu machen. Die arme Rosa, die häßlich war und sich längst alle Heiratsgedanken aus dem Sinn geschlagen hatte, wurde durch die unverhoffte Vergoldung ein sehr reizendes Geschöpf. Sogar ein Künstler war unter ihren Bewerbern und schätzte sich glücklich, als sie ihm den Vorzug gab. Ich hatte nun ebenfalls die Wahl, aber sie machte mir wenig Kopfbrechens oder Herzweh. Nur als jener Mann, den ich wirklich geliebt hatte, sich plötzlich wieder zu mir zurückwendete und die Stirn hatte, von einer Verirrung seines Herzens zu reden, da stieg mir der Ekel auf die Zunge, und seit jener Zeit ist ein bitterer Nachgeschmack geblieben, den ich immer verspüre, sobald von den Tugenden der Männer die Rede ist. Sie haben inzwischen dafür gesorgt, daß ich nicht eben besser von ihnen denken lernte. Meine eigene Schwester –

Sie hielt inne und ihre Augenbrauen zogen sich finster zusammen.

Hat sie ein schlechtes Leben gehabt hier im Haus? fragte er schüchtern. Ich habe sie ja erst gesehen, als sie das Bett schon nicht mehr verließ. Da war der Meister doch immer gut zu ihr. Sie hatte freilich so einen traurigen Blick, daß sie mich von Herzen dauerte, obwohl sie nie ein gutes Wort an mich wandte und ich ihr zuletzt, seitdem du ins Haus kamst, nicht mehr ins Zimmer durfte. Ich habe mir oft Gedanken gemacht, weßhalb sie mir so unfreundlich war. Ich war freilich eine Last im Hause zu Anfang, da mich der Meister als ein Waisenkind zu sich nahm, und es mag ihr auch weh gethan haben, mich zu sehen und lieb haben zu sollen, während sie selbst keine Kinder hatte. Aber ich habe mich doch bald bei der Arbeit nützlich gemacht und mehr geschafft, als ihrer Zwei von den gewöhnlichen Lehrburschen. Warum wandte sie nur immer die Augen weg, sobald ich zur Thür hereintrat, wie ängstliche Leute, wenn eine unschuldige Blindschleiche oder Maus ihnen über den Weg kommt? Weißt du's, kleine Mama?

Denke nicht weiter daran, erwiderte das Mädchen. Sie war unglücklich und hatte keine Freude, das ist Alles. Sie, in der That, sie ist niemals jung gewesen; sie war schon als kleines Mädchen nur selten einmal von Herzen fröhlich, während ich es an Uebermuth und Lachlust mit Jeder aufnahm. In meiner Heimath, wo die Mutter mit uns lebte, ging es auch anders zu, als in diesem steifen, aufgeputzten, armseligen Nest, das nicht Dorf und nicht große Stadt ist, wo Jeder vor Allem seine Würde wahren will und sollte er vor langer Weile darüber aus der Haut fahren. Wenn ich von deiner lahmen Tanzstunde höre, mein Junge, oder von den Bällen, die hier so einen trübseligen Winter nicht besser verherrlichen, als die paar Oellaternen die Straßen erleuchten, da kommt mir's wahrhaftig vor, als sei ich statt neunundzwanzig schon neunundneunzig Jahre alt und dächte an Zeiten zurück, in denen die ganze Menschheit noch wie im Paradiese lebte.

Hast du viel getanzt? fragte er.

Ich tanzte wie die Wasserjungfern eigentlich den ganzen Tag. So ich ging und stand, hatte ich den Dreivierteltakt oder die schönen Contretänze in den Fußspitzen, und so tanzte ich, wenn ich das Spinnrad drehte, oder in der Küche das Feuer singen hörte, oder meinem Mütterchen, die ihre Arme nicht mehr gut heben konnte, den Zopf flechten mußte. Ja es ist mir begegnet am Sonntag, während ich aus dem Gesangbuch eifrig mitsang, den Ländlertakt mit den Füßen dabei anzugeben, daß ich mich hernach der Sünde schämte, als ich es selber inne ward. Es war wie eine Krankheit in mir. Aber es dauerte kaum zwei Winter. Von der Stunde an, wo ich klar darüber wurde, daß ich an einen Herzlosen mein Herz gehängt hatte, hatt' ich Blei in den Schuhen; keinen Tritt hab' ich mehr in einen Tanzsaal gethan, und wenn ich in der Kirche saß und sang, war ich auch oft mit meinen Gedanken weit weg, aber nicht mehr wo es lustiger war, sondern *noch* stiller, *noch* über- oder unterirdischer, als in unserem alten Dom.

Sie schwiegen wieder und hörten draußen den Wächterruf, und die Turmuhr schlug Mitternacht.

Nun fangen die Gespenster an zu tanzen, sagte er halb lachend, halb abergläubisch überschauert. Wie wär's, kleine Mama, wenn wir's auch noch einmal versuchten? Ich weiß nicht, wie es kommt, aber es verlangt mich plötzlich über die Maßen, dich tanzen zu sehen. Der Meister ist noch im »Stern«, sonnabends kommt er ja vor

Ein Uhr niemals nach Hause, da können wir hier oben unser Wesen treiben, ohne daß Jemand danach fragt. Höchstens fällt uns der alte Kasten überm Kopf zusammen und wir gehen tanzend in die bessere Welt hinüber. Was sagst du dazu, kleine Mama?

Er war aufgesprungen, hatte sich die Haare zurückgestrichen und trat nun mit komischen Geberden, als ob er die Handschuhe erst noch zuknöpfe und die Halsbinde zurecht zupfe, vor sie hin.

Possen! sagte sie. Was in aller Welt ficht den Jungen heute an? Er singt, er verliebt sich, er fordert um Mitternacht seine eigene ehrwürdige Erzieherin zum Tanzen auf! Kommt es *dahin*, wenn Söhne verzogen werden und ihren Müttern über den Kopf wachsen?

Sie irren, mein verehrtes Fräulein, sagte er mit devoter Miene. Vielmehr haben Sie als die Hüterin meiner unberathenen Jugend die ernste Pflicht, sich selbst zu überzeugen, ob ich auch wirklich Fortschritte in allem Guten mache, und auch in den freien Künsten, die mir von Natur etwas schwer fallen, nicht gar zu weit zurückbleibe. Mein Tanzkursus ist beendigt. Es wäre wohl in der Ordnung, eine kleine Prüfung mit mir anzustellen.

Sie schlug die Augen ernst zu ihm auf, mit einem Ausdruck, der seine muthwillige Laune sofort herabstimmte. – Es wäre nun wohl Zeit, dem Scherz ein Ende zu machen, sagte sie fast mit einem scharfen Tone. Ich würde dir Gutenacht sagen, wenn ich nicht sähe, daß du an Schlaf so bald noch nicht denken wirst. Hole nun doch das Buch. Wenn du heut auch nicht viel lernst, so vergissest du doch vielleicht deine Kindereien und das ist auch schon Gewinn.

Er seufzte und ging nach dem Schrank, auf dem eine schmale Bücherreihe aufgepflanzt war. Zur Veränderung muß ich wohl einmal gehorchen, sagte er kopfschüttelnd, aber wenn ich auch in Zukunft von Friedrich Barbarossa nicht mehr weiß, als daß er einen rothen Bart gehabt hat, so ist es *deine* Schuld.

Ich will Gnade vor Recht ergehen lassen, sagte sie, wieder in den scherzenden Ton einlenkend. Laß die Weltgeschichte stehen und setze dich hierher; ich will dir was von den Göttern und Helden vorlesen und, wenn du hübsch aufpassest, zur Belohnung dich Bilder besehen lassen.

Damit nahm sie das kleine blaue Buch wieder in die Hand, in dem sie vorhin geblättert hatte. – Ich fand es erst gestern, sagte sie, unter altem Hausrath auf dem Boden; es heißt »Götterlehre«, ein gewisser Moritz hat es verfaßt und es ist noch aus dem vorigen Jahrhundert; dafür sind aber auch schöne Verse von Goethe drin. Komm, ich wette, es wird dir gefallen.

Nun fing sie an zu lesen, während er wieder auf dem Schemel zu ihren Füßen Platz genommen hatte. Sie hatte eine klare bescheidene Stimme, die, wenn sie in Affekt kam, zu einem ergreifend klangvollen Alt herabsank. Als sie die ersten Blätter gelesen hatte und nun mit steigender Wärme die Worte zu recitiren begann:

Welcher Unsterblichen

Soll der höchste Preis sein?

wurde ihr Sprechen fast zu Gesang. Sie las das Gedicht langsam zu Ende, dann ließ sie das Buch sinken. Wie gefällt es dir? fragte sie.

Er antwortete nicht. Die Augen, die er erst träumerisch in jenen blauen Lichtring an der Decke versenkt hatte, waren nach und nach zugefallen. Sein Kopf ruhte auf ihren Knieen. Er athmete leise und lächelte im Schlaf. Ob er an den letzten Walzer denkt? sagte sie vor sich hin. Sie betrachtete sinnend seine heitere Stirn und die rothen Lippen, um die eben ein blonder Flaum gesprossen war. Die Formen dieses blühenden Gesichts waren nichts weniger als regelmäßig; aber ein geistiger Reiz, ein gewisser adliger Humor verklärte sie auch im Schlaf. Diese Lippen hatten nie über einen *niedrigen* Scherz gelacht.

Lange hatte das Mädchen so gesessen und auf die klare Stirn niedergeblickt; dann lehnte auch sie sich in ihren Sessel zurück, und ermüdet von allen Gedanken, die in der tiefen Stille an ihr vorübergejagt waren, schloß sie die Augen und überließ sich einem leichten traumhaften Schlaf. Eine Stunde verging, durch das Fenster, vom Winde aufgestoßen, drang die feuchte Nachtluft, und ihr Wehen verlöschte das Lämpchen, das sein Oel fast verzehrt hatte.

Da kam ein mühsamer Schritt die Treppe herauf; das Geräusch drang in ihren Traum, aber die Dunkelheit umher ließ sie nicht völlig erwachen. Jetzt wurde die Thür geöffnet, und der scharfe Strahl aus einer kleinen Handlaterne traf ihr Gesicht. Erschrocken fuhr sie auf. Ihr seid's, Meister? sagte sie, sich hastig über die Augen fahrend.

In der Thüre stand eine hohe, wundersame Gestalt, ein Mann in den Fünfzigen, einen faltigen, mit Pelz besetzten Rock über eine verschossene rothe Sammetweste geknöpft, auf die lockigen, schon angegrauten Haare eine barettartige Mütze gestülpt, die tief über die starkgeröthete Stirn herabhing. Der eine Fuß steckte in einem derben Stiefel, das andere Bein, unförmlich mit Tüchern umwickelt, in einem großen Filzschuh. Obwohl aber der Gang des Mannes ungleich war und sein übriger Aufzug unordentlich und altmodisch, war die ganze Erscheinung doch danach angetan, alle Lachlust einzuschüchtern, und der Blick, den er jetzt aus finsteren schwarzen Augen auf die Gruppe der jungen Leute warf, machte selbst das unerschrockene Mädchen zusammenfahren.

Was soll das heißen? sagte er, indem er eintrat und die Laterne auf den Tisch stellte. Was habt ihr so spät noch hier zu schaffen? Schläft der Junge, oder wird nur Komödie gespielt?

Ich verstehe Euch nicht, sagte sie, und ein stolzes Erröthen überflog ihr Gesicht. Ihr seht, daß er schläft. Wir haben gelesen, er ist drüber eingeschlafen, ich auch.

Und die Lampe? fragte er barsch. Warum wurde das Fenster plötzlich dunkel, als ich unten an der Hausthür ankam? Hat man mich glauben machen wollen, daß längst Alles in den Betten sei?

Sie bückte sich zu dem Jüngling nieder und faßte ihn lebhaft an der Schulter. Steh auf, Walter, sagte sie; der Meister ist da, und ich will in mein Zimmer, denn ich wünsche nicht die Reden länger mitanzuhören, die er im Rausch –

Wer sagt, daß der Wein aus mir spricht? rief der Alte mit so heftiger Stimme, daß der Schläfer jählings auffuhr und mit scheuer Geberde dastand. Geh schlafen, Walter, fuhr er gemäßigter fort. Es geht auf zwei Uhr. Ich dulde das nicht länger, daß hier bis in die Nacht hinein –

Sein Blick begegnete dem des Mädchens, das all ihre Fassung wieder gewonnen hatte. Schon gut, brummte er. Es muß ein Ende werden, so oder so. – Dann: Morgen Vormittag hab' ich mit dir zu reden, Schwägerin. Ich werde vor Mittag nicht aufstehen können, die Schmerzen zucken mir schon wieder durch alle Gelenke und das Bein ist schwer wie ein Stein. Ich erwarte dich auf meinem Zimmer, Helene. Gute Nacht!

Er zündete ein Licht an, nahm die Laterne wieder in die Hand und hinkte die Treppe hinunter in sein Schlafgemach.

Die Beiden droben sprachen kein Wort mehr mit einander. Der Jüngling ergriff nur ihre Hand und drückte sie herzlich, indem er ihr mit einer halb betrübten, halb verschlafenen Miene zunickte. Dann ging er auf die Bodenkammer, wo Peter Lars, der Obergeselle, schon lange schlief. Er warf eilig die Kleider ab, horchte noch einmal hinaus, wie die Katzen über das alte Schindeldach liefen, und besann sich dann erst, daß er Lottchens rothe Schleife bei den übrigen gelassen hatte, statt sie unters Kopfkissen zu stecken. Er lachte mitten im Einschlafen vor sich hin. Sie hat Recht, sagte er bei sich selbst. Es ist doch wohl noch nicht die richtige erste Liebe.

*

Am andern Tag, der ein Sonntag war, stieg Helene schon bei Zeiten die dunkle Treppe hinab und pochte an der Thür des Meisters. Der lag in einem versoffenen grünen Schlafrock halb angekleidet auf dem Bett, eine Decke über den kranken Fuß geworfen, auf dem Knie des gesunden ein großes altes Buch mit Kupferstichen nach römischen Kirchen und Ruinen. Das Zimmer, im Erdgeschoß nach hinten hinausgelegen, war mit allerlei Künstlerhausrath, ohne jede Ordnung, noch bunter ausstaffirt als das Wohnzimmer droben.

Als das Mädchen eintrat, stützte er den Kopf mit den verwilderten Locken auf die Faust und richtete sich halb auf. Statt des üblichen Morgengrußes nickte er ihr nur flüchtig zu. Es schien ihm daran zu liegen, daß sie das erste Wort spreche.

Sie blieb mitten im Zimmer stehen.

Ihr habt mit mir zu reden, Schwager? fragte sie ruhig.

Nimm doch einen Stuhl, Helene, erwiederte er und deutete auf einen geschnitzten dreifüßigen Schemel, der voller Papier-Rollen lag.

Ich danke. Ich hoffe, es ist bald abgemacht. Ich habe im Hause zu thun, die Christel ist in der Kirche, Niemand sieht nach der Küche. Was ist's, das Ihr mir sagen wollt?

Er zauderte einen Augenblick und schien mit einem flüchtigen Blick prüfen zu wollen, in welcher Stimmung sie sei. Ihr ernsthaftes Gesicht verrieth keine innere Regung.

Der Doctor Hansen, der Notarius, ist gestern im Stern gewesen, sagte der Meister und blätterte dabei scheinbar gleichgültig in seinem Buche fort. Du weißt, seit seine kranke Schwester gestorben ist, hat man ihn nicht mehr beim Wein gesehen. Diesmal hatt' es auch noch einen besonderen Grund, und wie er mich nach Hause begleitete, ist er gegen mich damit herausgekommen. Mit einem Wort, er möchte dich zur Frau haben, Helene.

Sie veränderte keine Miene.

Und warum hat er sich dann an *Euch* gewendet? fragte sie kalt.

Weil er erst wissen wollte, ob du eine Feindschaft gegen ihn habest.

Was hätte er mir zu Leide thun sollen?

Freilich! Er ist ein Ehrenmann, Niemand in der ganzen Stadt weiß es anders. Er glaubt aber, er sei dir zuwider; denn jedes Mal, so oft er sich dir habe nähern wollen, habest du die Stirne gerunzelt und seiest ihm augenscheinlich ausgewichen.

Weil ich's ihm anmerkte, wo er hinaus wollte. Und wozu freundlich thun, wenn man nachher nein sagen will?

Warum nein?

Sie schwieg einen Augenblick. Seid ehrlich, Schwager, sagte sie dann: hat er Euch nicht auch gefragt, wie viel ich im Vermögen habe?

Keine Silbe.

So wird er schon von anderer Seite her wissen, was er zu wissen braucht. Gilt er nicht für einen guten Geschäftsmann?

Was soll das? Als ob ein Geschäftsmann nicht auch seine menschlichen Seiten hätte. In dich ist er nun einmal verliebt, Helene.

Wirklich? sagte sie mit einem seltsamen Zucken um den Mund. Wirklich? Nimmt er sich die Zeit dazu neben all seinen Geschäften? Nun da muß ich ihm ja wohl dankbar sein, und darum sagt ihm nur, ehe er sich noch weitere unnütze Mühe macht, daß ich sehr bedaure, die Ehre nicht annehmen zu können. Um ihm seinen Kummer zu erleichtern, könnt Ihr ihm ja auch erzählen, wie heimtückisch unsere Gemüthsart ist, und wie übel Ihr Euch bei meiner eigenen Schwester verrechnet habt. Denkt nur einmal, wie der arme Mann zu beklagen wäre, wenn ich ihm auch so einen Streich spielte, wie Euch die arme Anna, mein bischen Hab und Gut im Fieberwahnsinn in den Ofen zu stecken und nur so viel übrig zu lassen, daß der trauernde Wittwer vom Begräbniß keine Unkosten hätte! Das könnt Ihr ihm erzählen, Schwager, und ich denke, er wird sich dann zufrieden geben.

Sie war erblaßt, während sie sprach, und ihre Augen sahen ihm mit einem Ausdruck von Trotz und Kälte ins Gesicht, dem die seinigen nicht Stand zu halten vermochten. Erst als sie jetzt Miene machte, zu gehen, um alle weiteren Erörterungen abzuschneiden, faßte er sich und sagte finster:

Ich bin noch nicht am Ende.

Was noch weiter? Meine Geduld ist kurz.

Auch meine ist am Reißen. Daß ich's grad heraus sage: die Geschichte mit dem Jungen darf so nicht fortgehen. Ich bin es ihm schuldig, ein Ende zu machen.

Seit wann wißt Ihr so genau, was Ihr ihm schuldig seid?

Laß die alten Geschichten ruhn, fuhr er auf: du wirst mich damit nicht stumm machen, wie du meinst. Es ist mir lange zuwider gewesen, Euer Gethue und Gehabe, das Mamaspielen und Tuscheln und Tatscheln mit dem großen Menschen. Das ist *ungesund*, hörst du wohl, und wenn du nicht ein Ende machen kannst, so mach' ich's, darauf geb' ich dir mein Wort!

Sie maß ihn mit großen Blicken und schwieg. Er schien von ihrer Ruhe betroffen und fuhr in gelassenem Tone fort:

Ich weiß, was er dir schuldig ist, und was ich dir zu danken habe. Darüber kann keine Rede sein. Wäre es so geblieben, wie er es als Knabe hier fand, so wär' er ruinirt worden an Seel' und Leib. Es taugt Kindern freilich nicht, wenn sie gehaßt werden, und ihn davor zu schützen, stand leider nicht in meiner Macht. Du hast wie eine zweite Mutter an ihm gehandelt, und daß er an dir hängt, ist nur in der Ordnung. Aber so was muß seine Grenzen haben, oder der Teufel sät sein Unkraut dazwischen. Ich brauch dir nicht zu sagen, was ich meine. Genug, er ist schon neunzehn Jahr, du erst neunundzwanzig. Es darf nicht wieder vorkommen, daß er in seiner Lehrstunde so einschläft, wie gestern, und die Lampe drüber ausgeht.

Er wandte das Gesicht von ihr ab, ließ den Kopf ins Kissen zurücksinken und zog das kranke Bein an sich. Ob er Schmerzen litt oder nur das Gespräch abschneiden wollte, war nicht zu erkennen.

Nach einer ganzen Weile, während sie Beide athemlos geschwiegen hatten, sagte sie mit dumpfer Stimme: Es ist gut! Ich war auf Vieles gefaßt, von *Euch* auf *Alles*. Daß Ihr so niedrig denken könntet, ist mir denn doch nicht in den Sinn gekommen.

Oho! sagte er kalt, ich muß doch bitten, die großen Worte zu sparen, wo sie nicht hingehören. Diesmal kann ich, was ich thue und sage, vor jedem Richter vertreten und meine sehenden Augen als

Zeugen stellen. Man weiß freilich, daß Verliebte blind sind, aber sie sollen sich nicht einbilden, auch die Anderen zu verblenden.

Verliebte? brauste sie auf.

So sagt' ich, erwiederte er mit Nachdruck. Er wenigstens, mag er sich drüber klar sein oder nicht, ist auf dem besten Wege dazu, und du müßtest deine neunundzwanzig Jahre wie im Traum gelebt haben, wenn du nicht wissen solltest, daß du bis über die Ohren in den Jungen vernarrt bist; und mit dem Firlefanz von Pflege-Mutterschaft wirst du mir hoffentlich nicht kommen wollen. So steht's um euch, du magst nun auch den besten Willen haben, es dir selber zu verläugnen. Wenn du aber in dich gehen wolltest und dich fragen, was daraus werden soll, ob du ewig fortfahren kannst, den wackersten Männern einen Korb zu geben wegen einer sentimentalen Liebeskomödie mit einem blutjungen Hansnarren –

Es ist genug, unterbrach sie ihn mit glühenden Wangen. Ich weiß jetzt gründlich Bescheid um Euch und Eure Meinung. Das ist mir auch sehr gleichgültig, denn es ist nie mein Ehrgeiz gewesen, von Euch richtig beurtheilt zu werden. Wir denken über Manches verschieden. Nur will ich wissen, ehe ich Euch jetzt den Rücken wende, was Ihr zu thun beschlossen habt?

Ich sagt' es schon, mehr als Einmal: ein Ende will ich machen, euch trennen, und zwar so bald als möglich.

Und Wie?

Je nachdem. Wenn du thätest, was das Gescheiteste wäre, Hansens Frau zu werden, so wäre Allen geholfen, und du bewiesest besser, als mit allem Declamiren und Achselzucken, daß es dir Ernst ist mit deiner Mutterschaft. Wenn du dazu aber dich nicht entschließen kannst, so muß der Junge aus dem Haus.

Auf die Wanderschaft als Zimmermaler?

Gewiß. Was sonst? Du weißt besser, daß ich nicht im Stande bin, ihn auf eine Bauschule zu schicken und sechs Jahre lang zu füttern, statt daß er mir jetzt, wo ich ein halber Invalide bin, helfen soll, mich mit Ehren durchzuschlagen.

Es ist gut! erwiederte sie nach einer Pause. Ihr seid ehrlich gegen mich gewesen und dafür muß ich Euch ja wohl dankbar sein. Was geschehen muß, wird kommen, so oder so. Denkt indessen, wie Ihr wollt. Ich weiß, was ich zu denken habe.

Sie wandte sich zur Thür. Als sie schon den Griff in der Hand hatte, rief er ihr noch nach: Ich habe dem Notarius gesagt, daß er heut mit uns essen soll. Ich will kein Wort mehr mit ihm über die Sache reden; du selber magst ihm nun Bescheid sagen.

Sie erwiederte nichts, sondern nickte nur gedankenvoll vor sich hin. Dann verließ sie das Zimmer. Aber statt in die Küche zu gehen, stieg sie die Treppe wieder hinauf, mit lautklopfendem Herzen, und trat in ihr kleines Stübchen, das oben neben dem Wohnzimmer lag und mit zwei engen Fenstern auf die sonnige Straße hinaussah. Als sie sich hier allein fand, mußte sie sich aufs Bett setzen, die Kniee wurden ihr schwer. Sie starrte eine Weile gegen den Fußboden in die wirbelnde Wolke von Sonnenstäubchen. So unfaßbar wie jene Atome schwirrten ihr die Gedanken durch den Kopf. Zuletzt gingen ihr die Augen über, und in ein heftiges Weinen ergoß sich aller Schmerz, den sie unten in dem feindseligen Gespräch stolz und strenge zurückgepreßt hatte.

*

Um dieselbe Stunde kam Walter aus einer französischen Stunde nach Hause, die er auf Helenens Antrieb nach der Frühkirche zu besuchen pflegte. Er ging sogleich in ein großes Zimmer des Erdgeschosses, in dessen Mitte der Eßtisch stand, an der Wand ein paar Schränke, die des Meisters Vorräte an Decorations-Entwürfen, Zeichnungen und Patronen verwahrten. In diesem Gemach war überall zu sehen, daß hier eine weibliche Hand auf Ordnung hielt. Die weiße Platte des Eßtisches schimmerte frisch gescheuert, auf den Dielen lag der Sand noch unberührt, die großen Epheutöpfe vor den Fenstern verschatteten spiegelblanke Scheiben.

Doch war das Zimmer sonnenlos, da es in Hof und Garten sah, und Walter, der ein Zeichenbrett vom Schrank genommen hatte, konnte sich dicht ans Fenster setzen, ohne von einem Strahl belästigt zu werden. Er war bald in seine Arbeit völlig vertieft.

In einem alten herrschaftlichen Gartenhause vor der Stadt, das der reiche Bürgermeister gekauft hatte, war unter anderen neu auszumalenden Zimmern ein großer Roccoco-Saal von Grund aus wieder herstellen, und schon wochenlang hatte der Meister alle andere Arbeit abgelehnt, um zur bestimmten Zeit mit diesem Meisterstück fertig zu werden. Hier wie überall mußte Walter rüstig mit Hand anlegen. Aber während er mit kecker Hand Arabesken, Blumen und Fruchtgewinde aus alten Kupferwerken zusammenstellte, um den Plafond, der zur Hälfte zerstört war, im alten Stil zu ergänzen, war es ihm weit merkwürdiger, den Bau überhaupt zu studiren, die Maaße und Verhältnisse sich einzuprägen, um hernach zu Hause auf eigene Faust Grundriß, Aufriß und Durchschnitt zusammenzustellen. Nur ein paar verstohlene Feiertagsstunden durfte er darauf verwenden. Der Meister brummte jedesmal, wenn er ihn über diesen Allotriis traf. Wozu sollten sie führen? Er hatte, hieß es, andere Dinge nötiger für sein Handwerk.

Aber heut lag der Alte fest in seinem Zimmer und konnte ihm nicht dazwischenfahren. So war er hurtig bei seiner Arbeit und dachte sie noch bis Mittag fertigzubringen.

Auf einmal ging die Thür auf, und eine kleine schwarze Figur schob sich herein, die Hände in den Hosentaschen, den Kopf mit dem kurzgeschorenen schwarzen Haar leicht auf die linke Schulter geneigt, die um ein paar Zoll höher war, als die rechte. Der untere

Theil des Gesichts hatte etwas ewig Schmunzelndes, Verbindliches und Bescheidenes; die dünnen Lippen spitzten sich beständig wie zum Pfeifen oder Schmatzen. In den unruhigen grauen Augen aber zitterte ein böser Blick, der Tücke und Schadenfreude und heftige Gelüste verrieth.

Guten Tag! sagte er, indem er mit fast unhörbarem Schritt um den Tisch herumging. Schon so fleißig, junges Genie? Wenn du in meine Jahre gekommen sein wirst – (der Sprecher hatte kaum das fünf-undzwanzigste erreicht) – wird sich die Hitze schon gelegt haben. Du wirst dann deine Sonntage dazu anwenden, wozu ich sie brau-che, lange zu schlafen und hernach den lumpigen Wochenlohn zu verlumpen. Wenn du nicht ein so versessener Tugendheld wärst, würde ich dir sagen: Wirf das Gekritzel ins Feuer und komm mit. Ich weiß, wo man einen Franzwein trinkt, der sein Geld werth ist.

Ich danke, erwiederte der Jüngling gleichgültig. Dein Geschmack ist nicht der meine, Peter Lars. Auch kann ich den Wein vor Tisch nicht vertragen.

Weiß schon! höhnte der Andere. Du bist immer der Wohlerzoge-ne, und so groß und lang du bist, lässest du dich von einem Frauen-zimmer am Faden lenken, wie ein Maikäfer, den man an den Zwirn gebunden hat. Was Männer davon denken, das schiert dich nichts.

Männer! sagte der Jüngling. Er konnt' es bei all seiner Gut-müthigkeit nicht hindern, daß ein spöttischer Zug über sein Gesicht flog.

Ja wohl: Männer! wiederholte der kleine Schwarze und reckte sich in allen Gliedern. Man braucht keine sechs Fuß zu haben, um sich als einen Mann zu fühlen, gegenüber von Weiberhelden und Riesen in den Windeln.

Nun so danke Gott, Peter Lars, daß er einen Mann aus dir ge-macht hat, und geh deiner Wege. Was kommst du hierher, um mich zu necken und zu nergeln? Ich frage *dir* nichts nach; so laß auch du mich in Frieden.

Der Andere hatte sich dicht neben ihn hingestellt und sah mit ei-nem bösartigen Grinsen auf ihn herab. Ich will gar nicht lange stö-ren, sagte er. Aber ich konnte mir's doch nicht versagen, dem frommen Herrn Sohn zu seinem nagelneuen Herrn Stiefpapa zu gratuliren. Ja, nun kann mich das fleißige junge Genie wohl eines Blickes würdigen!

In der That starrte Walter ihn betroffen an. Was soll das heißen? sagte er ungeduldig.

Nichts anderes, als daß Mamsell Helene sich nicht ewig damit begnügen will, einen erwachsenen Sohn zu päppeln, sondern nach ganz kleinen eigenen rechten und richtigen Wickelkindern Verlangen trägt.

Du bist nicht klug! lachte der Jüngling, halb zornig, halb belustigt von einem Gedanken, der ihm nie auch nur im Traum gekommen war. Sie heiratet nun und nimmermehr. Das weiß ich zufällig besser.

Nicht so vornehm abgesprochen, erwiederte der Andere. Man kann ein junges Genie sein und doch vom hellerlichten Tage nichts wissen. Was ich dir da sage, habe ich aus guter Quelle. Sie heiratet, und ich weiß auch, Wen.

So sag's!

Was geht's dich an? Dir muß Ein Stiefpapa so unbequem sein, wie der andere. Denn die schönen Seiten, wo der Herr Sohn Regen und Sonnenschein machte und der Augapfel und das Herzblatt war, die haben nun ein Ende. Der neue Herr Papa müßte wenigstens ein großer Pinsel sein, wenn er sich das lebensgroße Hochzeitspräsent, diesen Jungfernsohn, nicht höflichst verbitten wollte. – Und bei Lichte besehen, kann's auch mir gleichgültig sein. Habe ich bisher die Ehre gehabt, die hohe Ungnade dieser hochmütigen Dame zu genießen, so wird daran nichts geändert, ob sie nun Herrn X oder Herrn Y mit ihrer Hand beglückt. Ich bin und bleibe die Kröte, die Spinne, die Wanze, der Kellerwurm, den man am liebsten zertreten möchte, wenn man sich nicht scheute, sich die Schuhsohle zu beschmutzen!

Du übertreibst, Peter, wie du's gewohnt bist. Aber sag nur –

Ob ich übertreibe oder nicht, weiß Niemand besser, als ich selbst, fuhr der Schwarze fort, und sein ewig gespitzter Mund verzerrte sich zu einer Grimasse des heftigsten Ingrimms. Warum soll ich ein Geheimniß daraus machen? Ich hab' erst vor vierzehn Tagen hier an dieser selben Stelle, wo ich jetzt stehe, ihr einen Heirathsantrag in aller Form gemacht, und sie hat mich stehen lassen, als wenn ein Wahnsinniger keiner Antwort werth wäre. Pah! ich lache jetzt darüber. Ich weiß selbst nicht, wie mich die Laune anwandelte. Ein Bettler bin ich nicht, daß es mir um ihre paar Thaler zu thun wäre. Ich könnte, wenn ich's nicht aus Langerweile thäte, und weil mir's Spaß macht, den ganzen Kram von Farbenkleckserei an den Nagel hängen und in meine Heimath gehn, wo meine Eltern wohlhabende Leute sind und auf ihrem eignen Grund und Boden sitzen. Ich hatte mich nun einmal in das hochmütige Freien vergafft, und darüber wollt' ich's nicht einmal achten, daß sie die Jüngste nicht mehr ist, ja sogar ein paar Jahr älter als ich. Sie aber, wie wenn eine Kröte sie anspritzen wollte, auf mich herabgeblitzt und mich stehen lassen, daß ich wie ein Schulbube davonschlich – Höll' und Mord! und ich hätt's ihr auch wohl zu hören gegeben, wenn ich nicht im Stillen gedacht hätte: Sie will überhaupt Keinen, sie mag wohl ein Haar darin gefunden haben, so oder so! und da fraß ich meinen Aerger in mich hinein. Aber jetzt, wo sie plötzlich ganz andere Saiten aufzieht, wenn ein Anderer kommt, wo ich sehe, daß ich ihr nur nicht gut genug war –

Er verschluckte den Rest und fuhr mit den Händen in der Luft herum, in unverständlichem, halb krampfhaftem Geberdenspiel.

Woher weißt du's? sagte der Jüngling leise mit einer Stimme, in der eine große verhaltene Bewegung bebte. Wer ist's? Ist's denn schon abgemacht? Und doch – es ist nicht möglich. Erst gestern Abend –

Was soll nicht möglich sein, einem *Frauenzimmer*! Bah, lehr du mich ihre Schliche und Ränke kennen. Ich habe es wohl gemerkt gestern Nacht, wie spät es wurde, bis du von ihr kamst. Da mag sie dir noch zu guter Letzt nach Herzenslust caressirt haben. Aber doch, so wahr draußen die Sonne scheint, es ist richtig, sie nimmt den Federfuchser, den Aktenwurm, den Notarius.

Hansen? den Doctor?

So sagt' ich, und ich will ein Hundsfott sein, wenn's nicht wahr ist. Ich war heut früh in der Kammer, wo der Meister die Farbenmuster aufhebt; da sucht' ich was, für die Arbeit morgen, weil der Meister mich schon gestern deßwegen gerüffelt hatte. Und da kam die Mamsell Helene in sein Zimmer, und sie hatten ein Gespräch mit einander, und ich könnt' eben nicht Alles hören, aber genug um zu wissen, daß sie ihn nimmt. Denn freilich sperrte sie sich zuerst. Als er aber hernach sagte: der Notarius wird heut mit uns essen, da kannst du's ihm selber sagen, da schwieg sie mäuschenstill. Wenn's ihr nun nicht danach zu Muthe wäre, ihn zu nehmen, würde sie sich's wohl verbeten haben, erst noch mit ihm zu Mittag zu essen. Denn daß sie am liebsten den Mund nicht dabei aufthut, wenn sie Körbe austheilt, das hab' ich ja erleben müssen.

Du mußt dich verhört haben, Peter, sagte der Jüngling, in tiefes Nachdenken verloren. Ich sage dir noch einmal: es ist nicht möglich.

Nicht möglich? Aber was red' ich mit einem Wickelkind von Heirathsaffairen? Ich habe mir nur Luft machen müssen, weil mich's sonst erstickt hätte. Dies Mädchen an diesen Menschen, den Aktenschmierer, den Sportelkrämer, der sie nicht halb wird zu schätzen wissen, bis auf ihre klingenden Vorzüge! Wäre sie nicht so recht ein Fressen für einen Künstler, wie unsereins, der andere Ansprüche macht, als das bischen Roth und Weiß und Zierlichthun, dem der große Haufe nachrennt? Was weiß die Aktenseele davon, wie ihr Gesicht geschnitten ist und daß sie gewachsen ist zum Verrücktwerden! Sie stellt's freilich nicht zur Schau: sie wickelt sich vielmehr immer bis unters Kinn ein, wie eine Mumie, daß es einen Stein erbarmen könnte. Wer aber die rechten Augen im Kopf hat, der weiß, wenn er nur den kleinen Finger sieht, zu sagen, wie's um die ganze Person bestellt ist, und daß man weit und breit suchen kann –

Ich verbitte mir diese Reden, unterbrach ihn der Jüngling heftig. Er war aufgesprungen, und sein Gesicht glühte über und über. Packe dich hinweg und laß mich nicht erfahren, daß du so schamlose Reden auch gegen Andere führst, sonst –

Und er hob die geballte Faust und schlug mit aller Macht auf den Tisch, daß die Wände wiederhallten.

Kindskopf! knirschte der Andere und zog sich mit einem lauernden Blick aus seinem Bereich. Geh und laß dir deine Milchsuppe einlöffeln und bitte die liebe Mama um ein neues Kleid, in dem du bei ihrer Hochzeit auf ihrem Schooß sitzen kannst. Du bist nicht werth, daß Männer dir ihr Vertrauen schenken, Männer, denen es leid gethan hat, wie du dich von einem schlauen Frauenzimmer hast herumziehen und gängeln lassen. Geh, ich verachte dich eben so gründlich, wie ich dich bisher bemitleidet habe! Wir zwei haben das letzte Wort mit einander gewechselt.

Damit warf er ihm noch einen seiner bösesten Blicke zu und trollte sich pfeifend aus dem Gemach.

Der Jüngling blieb auf der Stelle, wo er stand, wohl eine halbe Stunde regungslos stehen. In seinem Kopfe wirbelten tausend Gedanken; von Zeit zu Zeit hob ein schwerer Seufzer seine Brust, und dann drückte er die Augen ein, als könne er im hellen Tageslicht mit solchen Gedanken, wie sie sein Inneres durchstürmten, sich nicht vor sich selber sehen lassen. Er hörte endlich Helenens Schritt draußen auf der Treppe. Da lief es ihm siedend heiß über den Leib, und von einem unerklärlichen Angstgefühl getrieben, griff er hastig nach seiner Mütze und suchte durch die Hof- und Gartenthür das Freie.

Sie hörte wohl, daß er eilig davon ging, aber sie ahnte nicht, daß er vor ihr floh. Vom Fenster aus sah sie ihm nach, so lange noch sein wehendes blondes Haar zwischen dem laublosen Gesträuch zu erblicken war. Sie glaubte droben Alles ausgeweint zu haben, was ihr das Herz schwer machte. Wer selten weint, erwartet Wunder von den Thränen. Nun empfand sie, daß sie noch um keinen Schritt weiter gekommen war.

Warum hatte sie geweint? Sie war dazu gewöhnt, Allem, was im Leben feindlich auf sie eindrang, die ruhige Kraft einer Seele entgegenzusetzen, die von nichts Widrigem überrascht wird, weil sie ohne Wünsche und Hoffnungen ist. Sie glaubte, nichts mehr vom Leben fordern, nichts mehr gewinnen zu können. Nun war sie plötzlich daran erinnert worden, wie viel sie noch zu verlieren hatte.

Zunächst, was einer stolzen Natur das Bitterste ist: die Sicherheit ihres eigenen Gefühls. Jene schonungslosen Worte über ihr Verhältniß zu Dem, den sie hatte vom Knaben zum Manne heranwachsen sehen, waren ihr Anfangs fremd und unverständlich geblieben. Sie hatte geglaubt, sie abschütteln zu können, wie eine Beleidigung. Andere Sorgen, die das Gespräch mit dem Schwager in ihr erregt, schienen dringender. Aber sobald sie droben in ihrem stillen Zimmer mit sich allein war, fiel alles Andere wie Schatten von ihr ab, und jene Worte, die sie erst gemeint hatte mit einem Achselzucken abfertigen zu können, blieben ihr allein gegenwärtig.

Sie dachte die zehn Jahre zurück, seit sie in dies unglückliche Haus getreten war, wie damals der Knabe, verschüchtert und stumm zwischen den Pflegeeltern, die über seine Gegenwart sich täglich mehr verfeindeten, sich sofort mit überschwänglichem Vertrauen an sie angeschlossen und all seine Noth ihr ausgeschüttet hatte. Es hatte sich ohne viel Worte von selbst verstanden, daß sie ihn beschützte. Wenn ihr die Aufgabe, zumal ihrer Schwester gegenüber, nicht immer leicht war, so entschädigte sie tausendfach der innige Verkehr mit ihrem Schützling, dessen harte Jugend ihm fast schon alle Munterkeit und Schwungkraft gelähmt zu haben schien, und der nun von Jahr zu Jahr heller und heiterer sich entwickelte. Und sie durfte sich sagen, daß sie mehr gethan hatte, als den äußeren Druck von ihm abwehren. Sie war unermüdlich gewesen, ihm zu helfen, daß er die dürftige Bildung der Stadtschule auf eigne Hand ergänzte. Sie hatte mit ihm und seinen künstlerischen Neigungen einen schweren Stand, bei diesen Bemühungen, seine Bildung zu vervollkommnen. Und sie mußte ihre eigene Neigung, ihn fröhlich zu sehn und seine Wunsche nicht zu kreuzen, dabei unterdrücken. Wie viel lieber saß sie mit ihrer Arbeit neben ihm, wenn er sich in eine architektonische Zeichnung vertiefte und in seiner gutmütigen Lustigkeit mit ihr plauderte, als daß sie ihn anhielt, einen ernsthaften Cursus am Faden eines dürftigen Lehrbuchs mit ihr durchzumachen. Aber sie hatte gelernt, sich zuerst zu fragen, was ihm nöthig und wohlthätig sei; sie hatte niemals mit ihm getändelt und es mit ihren Mutterpflichten leicht genommen.

War es ein Wunder, daß im Lauf der Zeit all ihre Gedanken nur diese Eine Richtung angenommen hatten? daß sie wachend und träumend nur ihn vor Augen hatte, unbewußt, so lang er neben ihr war, jede seiner Bewegungen verfolgte, und wenn er draußen war, nur auf die Thür horchte, ob sich sein Schritt noch nicht wieder hören lasse?

Und wenn sie ihn jetzt im Stillen mit allen Anderen verglich, die seit jenen ersten Tagen an ihr vorübergegangen waren, hatte sie nicht Recht, wenn sie die Anderen neben ihm entbehrlich fand? Es war keine eitle Vergötterung mit im Spiel. Sie hatte sich niemals darüber getäuscht, daß er weder schön, noch zierlich, noch von bestechenden Manieren sei. Sie selbst neckte ihn oft genug mit seinen linkischen, unbeholfenen Bewegungen, seinem durchaus nicht »interessanten« Gesicht, seinem dicken glanzlosen Haarbusch und daß ihm die Kleider wie einer Gliederpuppe um den Leib hingen, wenn der Schneider sich auch die beste Mühe gegeben, ihn elegant zu machen. Und doch war ein Reiz in seinem Wesen, dem, wie sie wohl sah, auch Fremde und minder Feinfühlige nicht widerstanden: ein Hauch von adliger Jugend, von angebornem Tact des Gemüths, von jenem echten und goldenen Humor, der der Seele Flügel verleiht und sie hoch über den philisterhaften Respect vor allerlei Götzendienst des Tages erhebt. Es war seltsam, daß sie mit diesem ihrem Zögling, der ihr noch oft wie ein Kind in die Welt zu blicken schien, die letzten Dinge alles Erdenlebens besprechen konnte, als wären sie Beide uralt an Jahren oder Erfahrungen.

So war es gewesen, und so hatte es sie Beide glücklich gemacht, und nun sollte es plötzlich vorbei sein, nun plötzlich gefährlich und nicht länger zu dulden? Man hatte es ihr ins Gesicht gesagt, daß sie nur dieses Jünglings wegen jeden Bewerber abweise. Wohl, sie konnte sich's nicht verleugnen: er füllte ihr ganzes Herz, sie hätte jeden Mann täuschen müssen, dem sie anzugehören gelobt hätte. Eine Leidenschaft war dies Gefühl geworden, wie hätte sie sich's verhehlen können? Aber eine Leidenschaft, die durch Jahre der reinsten, aufopferndsten Hingebung geweiht war. Sie sah ihn für ihr Eigentum an; hatte sie nicht ein Recht dazu? Was wäre er geworden, ohne sie?

Und jetzt sollte sie ihn hergeben? der Gedanke war unerträglich. Wollte er denn fort von ihr? fühlte er nicht selbst, daß er sie noch allzusehr bedurfte? Und war denn eine Gefahr, wenn Alles noch blieb, wie es war? Für ihn gewiß nicht. Sein Leben lag noch weit und offen vor ihm; er hatte nichts zu verlieren, wenn er noch eine Zeitlang in der Stille fortwuchs; und zu denken, daß ihre Nähe ihm je gefährlich werden könnte, schien ihr eine Thorheit. Sie fühlte sich noch um andere zehn Jahre älter, als sie wirklich war. Und daß er noch ausschließlicher sich ihres Denkens bemächtigen könnte, wie wäre es möglich gewesen? Und was hätte es geschadet? Sie besaß nichts, was ihr das Leben werth und wichtig machte, als dies Gefühl.

Und doch hatte sie geweint, lange und heftig. Es stand wie ein verhülltes Schicksal unheimlich ihr gegenüber. Mit allem Sich-selbst-bestärken in ihrem guten Recht und der Erkenntniß, daß die Anderen keine Macht über sie hatten, wenn sie selbst nicht wollte, konnte sie eine geheime Angst nicht bezwingen, daß die schönste Zeit vorüber sei, daß harte Tage der Prüfung bevorstanden. Vor der Drohung des Alten, ihren Schützling in die Welt auf Wanderschaft zu schicken, fürchtete sie sich nicht. Sie wußte, daß auch er sich schwer von ihm trennen würde, zumal um ihn in eine Bahn zu treiben, die ihm so gründlich widerstand. Und zu einem andern Ausweg fehlte es dem Alten am Nöthigsten. Ja er war in Zeiten der Bedrängniß, wo sie ihn bereitwillig unterstützt hatte, in eine Abhängigkeit von ihr gerathen, die sie freilich nie geltend machte, die ihm aber eine stille Verpflichtung auferlegte, ihren Willen nicht allzu eigenmächtig zu kreuzen.

So fürchtete sie im Grunde nichts von einem gewaltsamen Eingreifen irgend eines Menschen in ihr Geschick. Aber es waren Worte gefallen, die nicht ungesprochen gemacht werden konnten und die von dem Theuersten, was sie besaß, gleichsam den Duft abgestreift hatten.

Das empfand sie deutlich, als sie ihm durch den Garten nachsah und fast froh war, ihm jetzt noch nicht begegnen zu müssen. Zum ersten Mal hätte sie ihm nicht ganz frei in die Augen geblickt. Aber sie wußte nicht, daß die letzte Stunde auch ihn aus seiner harmlosen Ruhe aufgestört hatte. Sie dachte, an ihr allein sei es, zu leiden, und mitten in ihrer Sorge und Beklommenheit war es ihr ein Trost, daß sie alles Feindliche, was ihrem Liebling drohte, wahrhaft mütterlich auf ihr eigenes Haupt ablenken durfte.

So fand sie in den Stunden bis zu Tisch mehr und mehr ihren Gleichmuth wieder; in der größeren Sorge um ihr eigentliches Glück vergaß sie es fast, daß ihr noch die peinliche Aufgabe bevorstand, einen Bewerber, der ihr bisher gleichgültig geblieben war, für immer abzuweisen. Als die Eßstunde schlug, trat sie mit einem völlig unbefangenen Gesicht in das große Zimmer und begrüßte den Notarius, der mit stummem Erröthen sich vor ihr verneigte, wie den ersten besten Gast des Hauses. Der Meister hatte das Bett verlassen, um sich im Schlafrock und wenig sonntäglicher Laune etwas abseits von dem gemeinsamen Tisch aufs Sopha zu strecken. Ein alter Nachbar, der stehende Sonntagsgast, und die beiden Lehrburschen standen bescheiden an den Fenstern. Jetzt trat auch Walter herein, in einer so sichtbaren Verstörung, daß er kaum die nothdürftigsten Formeln der Höflichkeit ohne Stocken herausbringen konnte. Niemand achtete auf sein verwandeltes Wesen; nur seine »kleine Mama« warf ihm einen bestürzten Blick zu, den er, wie von einem bösen Gewissen geängstigt, nicht auszuhalten vermochte.

Der Meister fragte nach Peter Lars und war ungehalten, daß er ausblieb. Zuletzt setzte man sich zu Tische, ohne auf ihn zu warten. Es dauerte einige Zeit, bis ein Gespräch in Gang kam. Walter saß tiefsinnig und starrte, scheinbar ohne Theilnahme, auf seinen Teller. Der alte Nachbar, der sonst den Kunstkenner machte und gern allerlei confuse Reden über Zeichnung und Farbeneffect zum Besten gab, schwieg heute, da auch der Meister weder aß noch redete, sondern die Zähne zusammenbiß, um seiner Schmerzen Herr zu bleiben. Die Lehrburschen hatten natürlich noch nicht Redefreiheit in Gegenwart des Meisters, und so trugen der Notar und Helene, die ihm gegenüber saß, die Kosten der Unterhaltung.

Er war ein Mann von unscheinbarem Wesen; nur eine schöne Stirn und klare ruhige Augen machten das Gesicht anziehend, und wenn er sprach, belebten sich die festen, männlichen Züge durch einen Ausdruck von Freundlichkeit, der Zutrauen erwecken mußte. Als die erste Befangenheit dem Mädchen gegenüber gewichen war, wurde er heiterer, als man ihn sonst wohl kannte. Er sprach von seinen Reisen in Schweden und Norwegen, von den Sitten der Leute, von ihren Festen, ihren Volksliedern. Man hörte ihm gerne zu; er sagte nie ein allgemein lobendes oder tadelndes Wort. Alles erhielt seine klare Farbe, seine unterscheidenden Züge. Die alte Christel, die das Essen auftrug, lehnte im Hinausgehen die Thüre nur an, um noch länger zuzuhören. Sogar der Nachbar nickte beifällig und warf einige aufgelesene Notizen über nordische Kunst dazwischen, die der Erzähler unangefochten ließ. Wenn es sein Bemühen war, sich im besten Lichte zu zeigen, so hätte er es nicht geschickter anfangen können.

Und doch schien seine Mühe so gut wie verloren. Das Mädchen hörte nur mit erkünstelter Teilnahme auf sein Gespräch, innerlich war sie mit der Sorge beschäftigt, was es sein möchte, das den Jüngling so plötzlich verdüstert habe. Ein paar Mal suchte sie ihn mit einem Scherz in das Gespräch zu ziehen. Ein fast ängstlich bittendes Aufblicken des Träumers schreckte sie endlich davon ab.

Die Flasche, die Christel hatte aufsetzen müssen, war geleert, auf das Wohl des Hausherrn, das der Notarius ausgebracht hatte. Ein stummes Kopfnicken des Alten war sein ganzer Dank gewesen; er selbst hatte keinen Tropfen getrunken und kaum das Ende der Mahlzeit abgewartet, um sich alsbald wieder in sein Zimmer zu schleppen und dort ohne Zwang zu stöhnen und seinen Zustand zu verwünschen.

Darauf waren die Andern, während der Tisch abgeräumt wurde, in das obere Zimmer gegangen, den Kaffee zu trinken. Ein altes Klavier stand dort unter Bildern und Büsten, mit denen die Wand dicht bedeckt war. Es war lange nicht geöffnet worden. Jetzt setzte der Gast sich auf Helenens Aufforderung davor, spielte einige der Volksweisen aus dem Norden und sang mit einer zwar ungeübten, aber musikalischen Stimme die Texte dazu. Das Mädchen hatte sich mit ihrer Handarbeit neben Walter gesetzt, der auf die Straße hinausstarrte und von Allem, was vorging, keine Notiz zu nehmen schien. Sie fragte ihn während des Gesanges mehrmals leise, was ihm sei, ob er einen Verdruß mit dem Meister gehabt habe oder mit Peter Lars, dessen Ausbleiben ihr verdächtig war. Er schüttelte statt aller Antwort den Kopf und sprang endlich, von unerklärlicher Unruhe gepeinigt, auf, um ins Freie zu gehen, als die Thür sich aufthat und Besuch erschien, eine Verwandte des Meisters, die Mutter jenes Lottchens, das gestern noch bei ihrem Tänzer so viel gegolten hatte. Heute war es ihm zwiefach peinlich, als er auch das gute Kind neben der Frau Mutter mit schüchterner Vertraulichkeit eintreten sah und nun, ohne sie allzusehr zu verletzen, die Gesellschaft nicht verlassen durfte. Doch sprach er kaum ein höfliches Wort zu Mutter und Tochter, und als Helene über den gestrigen Abend zu scherzen anfing, nahm er ein Buch vom Schrank und fing aller guten Sitte zum Hohn in seinem Winkel an zu studiren, als wäre er ganz allein im Zimmer.

Nicht lange so wurde ein Spaziergang vorgeschlagen, und die kleine Gesellschaft, von der nur der Nachbar sich beurlaubte, setzte sich in Bewegung, der Notarius mit Helene und der Mutter voran, Walter und seine zierliche kleine Tänzerin von gestern hinter ihnen. Auch jetzt noch, als sie durch die belebte Hauptstraße zum Thor hinaus schlenderten, einem Garten zu, wo heute die halbe Honoratiorenschaft des Städtchens den Sonntag genoß, schwieg er beharrlich. Er grüßte kaum die vorübergehenden Bekannten; er schien kein Auge dafür zu haben, daß sich das liebliche Gesicht seiner Nachbarin, je länger er stumm blieb, je trübseliger verdunkelte und endlich die Thränen vorzubrechen drohten, als zum Glück ein anderer ihrer Tänzer sich hinzugesellte, der nun Walters Sünden überfließend wieder gut machte.

Jetzt hätte er sich endlich fortstehlen können, um seine gepreßte Seele vom Zwang jeder Gesellschaft zu befreien. Aber theils war er schon am Vormittag inne geworden, daß sein verworrener Zustand in der Einsamkeit nur qualvoller wurde, theils hielt es ihn unwiderstehlich in der Nähe Helenens fest, und er spähte ängstlich nach jeder Geberde, jedem Wort von ihr, die ihm Klarheit verschaffen mochten, ob er sie wirklich verlieren sollte.

Auch er hatte sorglos neben ihr hingelebt, ohne sich jemals zu fragen, wie lange es wohl so fortgehen könne. Er gehörte ihr, sie ihm, so viel wußte er. Wie das Gefühl, das sie an einander knüpfte, zu nennen sei, warum hätte er das überlegen sollen, so lang er ihrer sicher war? Seitdem er von sich selber wußte, war ihm, nach seiner leiblichen Mutter, Niemand so nothwendig zum Leben gewesen, wie sie. Und die letzten Jahre hatten, indem sie ihn mündiger machten, die Vertrautheit und Innigkeit ihres Verkehrs nur befestigt, da er sich ihrer Hut und Pflege in den meisten Dingen entwachsen fühlte und nun freiwillig nur um so lieber Alles, was ihm durch Kopf und Herz ging, zu ihr hintrug. Was sie ihm war, Freundin, Schwester, Pflegemutter, seine Kameradin in ernsten und lustigen Stunden – er hatte keinen Namen dafür; wie er überhaupt nie über sie nachgedacht hatte. Die Worte schön oder hübsch, liebenswürdig oder gar »gefährlich« hatten ihr gegenüber keinen Sinn für ihn. Sie war sie selbst und weiter dachte er nicht darüber nach.

Nun auf einmal sollte er sich in die Vorstellung finden, daß sie ein Frauenzimmer wie andere sei, im Stande, Leidenschaften zu erwecken, Männer zu eifersüchtigen Bewerbungen zu reizen! Der Gedanke bestürzte ihn dermaßen, daß es ihm war, als sähe ihn auf einmal sein eigenes Leben mit ganz fremden Augen an. Noch gestern Abend, da sie von ihrer ersten Liebe geredet hatte, war ihm das Gespräch nicht viel anders gewesen, als wenn sie sich Märchen erzählten oder ihre Träume auslegten. Nun stand plötzlich die unbegreiflichste Wirklichkeit vor ihm. Ein Mann hatte um sie geworben; einen anderen hatte sie stillschweigend abgewiesen; ob sie auch dem neuen Bewerber so abgeneigt sein möchte? Und wenn sie ihm ihre Hand nicht verweigerte, welch ein unerträglich peinigender Gedanke, sie als die Frau irgend eines Mannes zu wissen! –

In seiner reinen Seele stieg ein wunderlich dunkles Schamgefühl auf, das ihm alle Adern durchglühte. Jeden Blick eines Mannes nach ihr hätte er auf Tod und Leben verhüten mögen. Wenn er zurückdachte an die leichten Reden seines Mitgesellen, ballte er unwillkürlich die Faust. Und doch, wie er jetzt hinter ihr ging, taub und blind für alles Andere um sie her, konnte er den Blick nicht von ihrer Gestalt wegwenden. Zum ersten Mal fiel ihm die rasche Anmuth ihrer Bewegungen auf; er verglich im Stillen die schönen Linien, die Hals und Schultern umschrieben, mit der breiten Formlosigkeit der Alten und der hübschen Alltäglichkeit ihres Töchterchens; zum ersten Mal hatte er ein Auge dafür, wie leicht und schwebend sie die Füße setzte, wie, wenn sie im Gespräch sich zu ihrem Nachbar wandte, das schöne kräftige Profil sich klar aus dem dunklen Hut hervorhob, und wie die Zähne schimmerten, wenn sie, wie es ihr oft begegnete, die Lippen öffnete, ohne zu lächeln, mit einem traurig stolzen Ausdruck, der mit ihrer gedämpften Stimme sich wohl vertrug.

Und sie pflegte auch nur zu lächeln, wenn sie mit *ihm* sprach; das bemerkte er wohl, da er jetzt in ängstlicher Scharfsichtigkeit ihr Benehmen gegen die Andern überwachte. Er war ihr der liebste, daran konnte er nicht zweifeln. Aber warum duldete sie die Annäherung des Fremden, wenn sie ihm keine Hoffnung zu machen hatte?

So fragte er sich rathlos, und im nächsten Moment blitzte die Erkenntniß wieder in ihm auf, daß er es doch nicht zu hindern habe, wenn sie sich noch jung genug fühle, ein neues Leben zu begründen, an einem neuen Herde. Was hatte er ihr zum Ersatz zu bieten? War's nicht ein Wahnsinn, zu fordern, daß sie sich ihm in alle Zukunft aufopfern solle und abwarten, wie lang es ihm gefallen werde, sie seine »kleine Mama« zu nennen und an ihrer Schürze zu hängen?

Sie waren in dem Wirthsgarten vor der Stadt angekommen, wo Musik aus dem Saal des Hauses erklang und zum Tanzen einlud. Bald war ein kleiner Ball aus dem Stegreif eröffnet. Die Aelteren saßen draußen vor den Fenstern im Sonnenschein und sahen von ihren Gesprächen und der Kaffeetasse weg ab und zu in das ungebundene Gewühl der Jugend. Auch Lottchen erhielt die Erlaubniß von ihrer Mutter und schien zu erwarten, daß Walter sogleich davon Gebrauch machen werde. Als dieser aber Kopfweh vorschützte und jetzt eilig aufstand, um den menschenbelebten Ort zu verlassen, mußte sie mit einem schlechtverhehlten Seufzer die Hand ihres zweiten Tänzers annehmen. Helene bemerkte Alles nur zu wohl; sie ahnte endlich, daß sie selbst die Ursache sei. Wer aber sollte ihm die Absichten des Vaters verrathen haben? Und wenn er sie ahnte, woher diese tiefe Verstimmung? der Gedanke, daß Eifersucht im Spiele sei, blieb ihr völlig fern.

Sie hätte jetzt gern ein offenes Wort mit ihm gesprochen. Nun hatte er sich düster entfernt und schlenderte draußen auf der Landstraße zwischen den letzten Häusern hin, durch den heitern Frühlingsabend keinen Augenblick ergötzt. Er kam an ein altes, längst nicht mehr bewohntes Landhaus und starrte vom Gitter aus in den verwahrlosten Garten hinein. Ein Springbrunnen hatte dort früher geplätschert, jetzt war das trockene Bassin mit modernden Blättern und großen Brennnesseln angefüllt. Eine Nymphe in losem französischem Aufputz neigte ihre Urne knieend über die Schale und schien traurig in das Unkraut hinunterzublicken. Es war ein schmuckes Figürchen und verdiente ein besseres Loos. Jetzt saßen die Sperlinge auf ihren Schultern und der Kranz in ihrem Haar war abgebröckelt. Was hielt den Jüngling so lange auf derselben Stelle fest, von wo er die Umrisse ihrer Gestalt klar aus dem Helldunkel der Grotte hervorstreben sah? Von drüben wehte der Wind zuweilen ein paar Takte der luftigen Tanzweisen zu ihm herüber. Es war, als wollte er abwarten, ob die einsame Schöne sich nicht erheben und auf ihn zutreten möchte; er wurde nicht müde, die schönen schlanken Linien anzuschauen, an denen er trotz seiner Künstleraugen so manches Mal gleichgültig vorübergegangen war.

Zuletzt ward es ihm selber unheimlich, er riß sich mit einem tiefen Seufzer los und wanderte nachdenklich zurück. Er kam gerade zur rechten Zeit, um seine Gesellschaft wieder nach der Stadt aufbrechen zu sehen. Doch schloß er sich ihnen nicht an, sondern behielt sie nur aus der Entfernung sorgfältig im Auge.

Diesmal gingen Mutter und Tochter mit Lottchens Tänzer voran, und Helene folgte mit dem Notarius. Er sah, wie sie freundlich mit ihm sprach, und glaubte in seinen Mienen zu lesen, daß er an der Erfüllung seiner Wünsche nicht länger zweifelte. Nun lachte sie gar über ein Wort, das er sagte. Der Weg führte an dem Hause vorbei, wo der Notarius wohnte, da standen sie einen Augenblick; er deutete hinauf und sagte etwas, auf das sie nichts erwiederte, aber ihre Augen folgten der Richtung seiner Hand, und dann setzte sie ihren Weg, wie es schien, in ernsterer Stimmung fort. Der Späher in der Ferne zweifelte nicht länger, daß Alles entschieden sei. Ein unsäglich schmerzliches Gefühl überkam ihn; er blieb plötzlich stehen und besann sich, wohin er denn wolle. Es war ihm Alles gleichgiltig, nur nach Hause nicht, nur nicht ihr begegnen müssen. So fand ihn einer seiner früheren Schulkameraden; sie wechselten ein paar Worte, dann folgte Walter seiner Einladung, ein Glas Wein mit ihm zu trinken, und die jungen Leute bogen Arm in Arm in eine Seitengasse.

*

Inzwischen waren die Andern in völlig bedeutungslosem Geplauder wieder an das Haus des Meisters gekommen, die Frauen verabschiedeten sich von einander, der Notarius blieb noch an der Schwelle stehen, als sei es ihm unmöglich, in dieser Ungewißheit von ihr zu gehen.

Sie hatte mehr als einmal sich nach Walter umgesehen, und sein Ausbleiben peinigte sie. Doch nahm dieser Gedanke sie nicht so vollständig ein, daß sie darüber die Stimmung ihres Begleiters vergessen hätte. Auch ihr lag daran, ein Ende zu machen.

Der Meister hat mir gesagt, was Sie ihm anvertraut haben, sprach sie mit ruhiger, aber nicht kaltherziger Stimme. Ich danke Ihnen für alle Güte und Freundschaft, die ich in Ihrem Wunsche erkenne. Ich habe Sie immer geachtet und gern mit Ihnen verkehrt. Mein Leben ist aber abgeschlossen; ich werde keine neuen Fäden mehr anknüpfen und zufrieden sein, wenn ich die alten ruhig abspinnen darf und keiner vor der Zeit zerrissen wird. Dies offene Bekenntniß bin ich Ihnen schuldig. Sie werden mir darum Ihre Achtung nicht entziehen.

Er schwieg mit einem plötzlich tief erblaßten Gesicht. Nach einer langen Pause sagte er:

Sie werden mich nicht ohne alle Hoffnung entlassen, daß ich mit der Zeit Ihnen werther werden könnte. Dieß ist nicht Ihre letzte Antwort.

Sie muß es sein, erwiederte sie. Ich darf weder Sie noch mich zu täuschen suchen.

Und steht nichts Anderes zwischen uns, als Ihre Abneigung, noch in einen neuen Lebenskreis einzutreten?

Sie erröthete flüchtig. – Ich habe Pflichten gegen den alten, sagte sie, die mich hinlänglich ausfüllen. Und dann – aber brechen wir ab. Meine Gründe gehören mir, und Sie mögen überzeugt sein, daß ich es nicht leicht damit nehme. Nochmals: Schlagen Sie sich diesen Einfall aus dem Sinn; es wäre nicht Zu Ihrem Glück –

Sie konnte nicht ausreden, sie sah, wie er sich vor ihr verneigte und, ohne sie noch einmal anzublicken, den Weg zurückging, seinem Hause zu. Seine ganze Weise hatte sie betroffen gemacht. Um die Welt nicht hätte sie den Grund der Abweisung, den sie gegen den Meister geltend gemacht, diesem stillen ernsthaften Mann ins Gesicht sagen können.

Sie stand noch eine Weile in der Thür und sah die Straße hinunter, ob sie Walter nicht nach Hause kommen sähe. Die Nacht war hereingebrochen, eine laue Luft wehte wie mitten im Sommer; am liebsten hätte sie stundenlang hier draußen auf ihn gewartet. Sie wußte selbst nicht, warum es ihr unheimlich war, ins Haus zu treten. Endlich ging sie die Treppe hinan, ohne erst dem Meister guten Abend zu sagen, obwohl sie hörte, wie er in seinem Zimmer herumhinkte, offenbar in der Erwartung, sie werde sich bei ihm sehen lassen und über den Abend berichten. Sie sehnte sich, allein zu sein, und war kaum in ihr kleines Zimmer getreten, als sie den Riegel hinter sich vorschob und mit einem schweren Seufzer die Brust erleichterte. Es war schon so dunkel, daß sie lange vergebens nach dem Feuerzeug herumsuchte; es stand nicht auf dem gewöhnlichen Platz. Ueberhaupt schien es ihr, als müsse Jemand im Zimmer gewesen sein, der die alte Ordnung verschoben habe. Endlich hatte sie ihr Lämpchen gefunden; aber ehe sie es noch angezündet hatte, fiel sie in ein Brüten und Sinnen, dem die Dunkelheit wohl that. Sie stand am Fenster, die Stirn gegen die kühle Scheibe gedrückt, und überdachte die letzten Stunden. An dieser selben Stelle hatte sie am Morgen ihr Herz in Thränen ergossen. Jetzt war es ruhiger in ihr. Sie litt noch immer, aber die Schmerzen waren ihr süß. Sie sah im Geist Alles voraus, daß sie von Jahr zu Jahr einsamer sein würde, daß sie auch den Einzigen, der ihr theuer war, werde hingeben müssen; aber sie fühlte, daß nichts sie zwingen könne, ihrem Gefühl für ihn zu entsagen, und wenn er auch ohne sie glücklich sein würde, so dürfte sie doch jedes Glück verschmähen, das ihn von ihr getrennt hätte.

Sie ward so still und heiter, je länger sie darüber nachdachte, daß sie sehnlich wünschte, er möchte heimkommen, damit sie wie gestern harmlos beisammen waren. Ein Geräusch drang plötzlich aus nächster Nähe an ihr Ohr; sie glaubte, er sei, von ihr unbemerkt, ins Nebenzimmer getreten und rief: Bist du's endlich, Nachtschwärmer? – Keine Antwort. Und doch wußte sie, daß sie sich nicht getäuscht hatte. Sie horchte schärfer um sich her. Wieder drang ein verhaltener Ton zu ihr hin. Wer ist hier? fragte sie mit klopfendem

Herzen. Da Alles schwieg, ging sie an den Tisch, die Lampe anzu-
zünden, als plötzlich ein dunkler Schatten an ihre Seite glitt und
eine rasche Hand die ihrige ergriff, um sie zu hindern, daß sie Licht
mache. – Sie erschrak nur leicht. Was soll das bedeuten, Walter?
sagte sie, zurückfahrend. Wie bist du hereingeschlichen? Ich dachte
doch, ich hätte den Riegel – Herrgott! rief sie, was soll das? Was
haben Sie hier zu suchen, Peter Lars?

In der Dunkelheit hatte sie nicht sowohl seine Züge erkannt, als
sein eigentümliches heiseres Athmen, das ihr zuwider war, und
jetzt unterschied sie die Umrisse der Gestalt und trat unwillkürlich
einen Schritt zurück, der Thüre zu, als er mit einer behenden Bewegung vor die Schwelle sprang.

Seien Sie ruhig, Mamsell Helene, sagte er mit einem häßlichen
nervösen Lachen. Es geschieht Ihnen nichts zu Leide. 's ist freilich
nicht das liebe Püppchen, das Zuckerherzchen, der junge Herr vom
Haus, sondern nur die Kröte, der Wurm, die ekelhafte Spinne von
Peter Lars. Aber der Wurm thut keinem Menschen was, wenn er
getreten wird, und wenn Sie daher ihren schönen Fuß nicht gerade
auf meinen garstigen Schädel setzen wollen –

Was nehmen Sie sich für Freiheiten heraus? unterbrach sie ihn
mit erkünstelter Ruhe. Wer erlaubt Ihnen, in mein Zimmer einzu-
dringen und mir hier eine Scene zu machen? Ich dächte doch, sie
wissen, was ich von Ihnen denke.

Eben deswegen, höhnte er, eben weil ich das weiß, meine angebetete Mamsell, daß Sie mir leider spinnefeind sind, wollte ich doch
einmal gehorsamst nachfragen, was ich Ihnen denn eigentlich zu
Leide gethan habe. Und weil Sie mir nicht die Gnade erweisen, mir
Rede zu stehen, wenn ich Ihnen sonst wo begegne, bin ich so frei
gewesen, hier ein wenig auf Sie zu warten. Wenn Sie mich etwa im
Verdacht haben, daß ich betrunken sei, so irren Sie gewaltig. Ich
habe, auf meine Ehre! nur so viel zu mir genommen, als eben hin-
reicht, um die Zunge zu lösen. Courage, meine angebetete Mamsell,
ist eine schöne Sache. Mit der bin ich jetzt, Gott sei Dank, so weit
versehen, daß ich Sie fragen kann, was Sie an meiner geringen Person auszusetzen haben? He! Wir sind jetzt so hübsch unter uns.
Warum wollen Sie mir nicht ein wenig Vertrauen schenken? Oder
ist von dem Artikel für Peter Lars nichts übrig? Haben sich das

Zuckerpüppchen und der Herr Aktenschmierer, Ihr Zukünftiger, so in Ihr Herzchen getheilt, daß für einen ehrlichen jungen Künstler, der, ohne Ruhm zu melden, Zehn von solchem Kaliber in die Tasche steckt –

Sie schweigen auf der Stelle, herrschte das Mädchen ihn an. Sie verlassen mein Zimmer und danken es ihrem Rausch, wenn ich diese Frechheit –

Oho, meine Angebetete, fiel er ihr ins Wort, behandeln Sie mich etwas liebevoller. Denn sehen Sie, hier sind unter Zwei gegen Sie, der Wein und meine Wenigkeit, und wenn ich erst einmal in Courage bin, und obenein verliebt bis über die Ohren – nein, fuhr er leiser fort, es geschieht Ihnen wahrhaftig nichts zu Leid. Ich hatte auch gar keine bösen Absichten. Wenn Sie mich nicht dummer Weise vor der Zeit entdeckt hätten, hätte ich Sie ruhig zu Bette gehen lassen und wäre dann vorgekrochen, damit Sie mir ganz sicher nicht entwischen konnten, aber nur, um mir auf einige Fragen Antwort auszubitten. Im Uebrigen haben wir allen Respekt vor unserer stolzen Mamsell, trotz der Courage, und wenn ich jetzt mich hier vor die Thüre stelle, so geschieht es, beim Henker! nur –

Er sah nicht, wie ihr die Augen funkelten; ihr Schweigen und ihre scheinbare Ruhe machten ihn sicher. Es scheint, sagte er, daß ich eine ganz menschliche Stunde getroffen habe. Wenn die angebetete Mamsell Vernunft annehmen will, so soll sie erleben, daß der arme Wurm von Peter Lars –

In tiefem Augenblick fühlte er sich von einer entschlossenen Mädchenfaust vorn an der Brust gepackt und mit einem heftigen Ruck beiseite geschleudert. In der Dunkelheit fiel er rückwärts über einen Stuhl und verwickelte die Füße in der Decke des Gardinenbetts. Als er sich schäumend vor Ingrimm und Aerger wieder aufrichtete, war der Riegel bereits zurückgeschoben und das Mädchen enteilt.

Sie flog die Treppe hinab und trat in das Zimmer des Alten, der wieder auf dem Sopha lag und über seinen Schmerzen in der Dunkelheit ein wenig eingeschlummert schien. Sie weckte ihn und sagte ihm, was geschehen. Als er in leidenschaftlicher Aufregung, das brennende Licht in der Hand, ihr in das obere Stockwerk folgte und in ihr Zimmer trat, war dasselbe leer, auch im ganzen Hause keine

Spur des gefährlichen Menschen mehr. Er rief der alten Magd, daß sie jeden Winkel sorgfältig durchsuchen und ihm, wenn er Nachts etwa zurückkäme, das Haus nicht öffnen solle. Morgen werde er ihn in aller Form verabschieden. Dann fragte er, ob Walter noch nicht zurück sei, brummte heftige Worte vor sich hin, als es verneint wurde, ging, während Helene sprachlos mitten im Zimmer stand, mit unwilligen Geberden den lahmen Fuß nachschleppend, in der Stube auf und ab, und hinkte endlich die Treppe wieder hinunter, das Licht zurücklassend, ohne ihr eine gute Nacht zu wünschen.

Sie war kaum allein, als sie hastig mit noch zitternder Hand den Riegel wieder vorschob und dann auf einen Sessel am Bett niedersank, das Gesicht gegen das Kissen gedrückt, um nichts umher zu sehen und zu hören, was sie an den empörenden Auftritt erinnern könnte. Nach und nach wurde ihr Blut ruhiger, auch im Hause wurde alles still. Sie stand nun auf und untersuchte das ganze Zimmer noch einmal, ob sie wirklich allein sei. In der Nische, die ihre Kleider verwahrte und mit einem Vorhang verschlossen war, mußte er gestanden haben; sie erkannte es noch an den zerknitterten Falten, und von Neuem überlief sie ein Schauder. Sie nahm, um den widerwärtigen Gedanken zu entrinnen, ein Buch von ihrer kleinen Hängeborte und setzte sich in die Sophaecke. Doch hafteten ihre Gedanken nicht auf den schwarzen Lettern. Es kam ihr unerträglich schwül und enge vor in ihrem Zimmerchen, und doch wagte sie keinen Schritt mehr hinaus zu thun, aus Furcht, ein neuer Hinterhalt möchte ihr gelegt sein. So schob sie das Buch wieder weg und streifte das Kleid ab, das sie beschwerte. Es ward ihr wohler, wie sie jetzt mit freiem Hals und nackten Armen auf und ab ging und im Gehen ihr langes schwarzes Haar für die Nacht einflocht. Das Licht stand nah genug vor dem kleinen Spiegel, daß sie sich deutlich darin sehen konnte. Aber ihre Blicke waren auf den Boden gerichtet und ihre Gedanken weit weg.

So war sie wohl eine Stunde ruhelos umher gegangen und fühlte es endlich in den Knieen, daß es Zeit sei, ihr Lager aufzusuchen, als die Thüre nebenan behutsam geöffnet wurde, ein leichter Schritt sich näherte und eine Hand an ihrer verriegelten Thür klopfte. Sie fuhr leicht zusammen, besann sich aber sogleich, daß das Haus verschlossen, der schnöde Geselle hinausgeflohen und Walter noch nicht zurück sei.

Bist du es, Christel? fragte sie durch die Thür.

Ein leises Ja kam zurück. Die Alte pflegte oft des Abends mit wirtschaftlichen Anliegen zu kommen. Unbedenklich schob Helene den Riegel zurück. In der dunkeln Thür stand Walter.

Ich bin's, stammelte er und warf einen flehenden, fast erschrockenen Blick auf sie. Im Augenblick waren Beide mit dunklem Roth übergossen.

Helene! sagte er und stockte wieder. Sie fuhr unwillkürlich zusammen, als sie ihren Namen aus seinem Munde hörte. Sie sah, wie er mit düstern Blicken sie betrachtete. So wie sie vor ihm stand, hätte sie in jeden Ballsaal treten können. Doch war es nie geschehen, daß er sie anders sah, als in ihren dunklen, fast nonnenhaft zugeschnittenen Kleidern.

Was führt dich her? fragte sie und suchte ihre Erregung unter einer kalten Strenge zu verbergen. Warum hast du mich getäuscht und nicht draußen schon gesagt, daß du es seist? Geh ohne Aufenthalt, es ist keine Zeit mehr zu plaudern.

Er stand immer noch unbeweglich und starrte wie im Traum auf ihre weißen Schultern. Mit rascher Erkenntniß sah sie ein, daß es zu spät sei, ein Tuch umzuwerfen, und vollends ihrer unwürdig, sich in den dunkleren Theil des Zimmers zurückzuziehen.

Hörst du nicht? sagte sie mit einem Ton, dem er den Gehorsam nicht weigern konnte. Ich will allein sein. Was du mir zu sagen hast, wird bis morgen Zeit haben. Ich bin ernstlich böse darüber, daß du mich hintergehen konntest. Dergleichen darf *nie* wieder vorkommen, oder wir sind geschiedene Leute.

Sie warf ihm einen unguten Blick zu, der seine Augen zu Boden schlug, dann wandte sie sich kurz um und trat, ohne auf ihn zu achten, an den Tisch. Sie hörte, wie er hinausging, die Thür sacht hinter sich zumachte und mit langsamen Schritten durch das dunkle Wohnzimmer sich entfernte.

Kaum war der letzte Schritt verhallt, als die bittersten Vorwürfe in ihr aufstiegen, daß sie ihn verurtheilt, ohne ihn gehört zu haben. Sie sah jetzt seinen traurigen Blick mit stummer Klage auf sich geheftet und malte sich aus, in welcher Stimmung er nun von ihr gegangen sein müsse. Der Tag hatte sie mehr als sonst von einander getrennt. Er hatte nicht an Schlafen denken können, ehe er sich in alter Weise mit ihr ausgesprochen. Nun war er arglos an die Thür gekommen, hatte, gewiß ohne böse Absicht, auf ihre Frage geantwortet und mußte sich nun wie ein ertappter Missethäter mit herben Worten fortschicken lassen, weil ein Anderer eine Stunde früher auf eine schnöde Art sie überfallen hatte!

Es war ihr so unerträglich, mit diesen Gedanken allein zu bleiben, daß sie ihr Kleid noch einmal überwarf, das Licht in die Hand nahm und in das Wohnzimmer ging. Am liebsten wäre sie zu seiner Kammer hinaufgegangen, um ihn zu bitten, ihre böse Stimmung zu vergeben und zu vergessen. Doch stand sie wieder davon ab. Sie wollte zu der alten Christel hinunter und einige Anordnungen treffen, die freilich keine Eile hatten, nur um noch eine Menschenstimme zu hören. Wie sie aber auf den Flur trat, erschrak sie. Walter saß im Finstern auf dem obersten Treppenabsatz, den Kopf in beide Hände gestützt. Ob er schlafe oder wache, errieth sie nicht sogleich, denn er regte sich nicht, als hinter ihm die Thür ging. Sie setzte das Licht auf den Geländerpfosten und war im Augenblick an seiner Seite, gleichfalls auf der Stufe niedersitzend. Da erst erhob er den Kopf und machte eine Bewegung, als wollte er fliehen.

Verzeih, sagte er, ich bin hier sitzen geblieben, ich weiß selbst nicht, wie es kam. Ich will aber nun gehen.

Bleib, ich bitte dich, sagte sie flüsternd. Ich bin froh, dich hier zu finden. Es ließ mir keine Ruhe, wie unfreundlich ich dich fortgeschickt hatte. Verzeih mir; der Tag hat mich so vielfach aufgeregt; ich hatte viel Schmerzen zu überwinden; nun hab' ich's an dir ausgelassen und du bist doch unschuldig an Allem.

Er blieb sitzen neben ihr, sprach aber kein Wort, sondern sah die dunklen Treppenstufen hinab.

Bist du mir wirklich böse? fragte sie.

Er schüttelte den Kopf. Nie – niemals! sagte er trübsinnig.

Was war's, das dich noch zu mir trieb? fragte sie nach einer Pause. Du hattest irgend ein Anliegen, ich sah es dir am Gesicht an; ich war nur im Augenblick so in meine eigenen Angelegenheiten vertieft, daß es mich hart und gleichgültig machte gegen alles Andere. Wirst du mir's nun anvertrauen?

Was kann es helfen? warf er ein. Ich werd' es früh genug erfahren.

Was?

Er schwieg. Erst als sie sagte: So muß ich glauben, daß ich dich dennoch böse gemacht habe! – sagte er halblaut und das Gesicht von ihr wegwendend:

Ist es wahr, daß du den Notarius heiraten wirst?

Ein wunderlich süßes Gefühl durchzuckte sie bei dieser Frage. Sie lachte, wie man wohl lacht, wenn man mit sich allein ist und plötzlich sich eines alten seligen Augenblicks, einer Siegesstunde, eines kecken Jugendstreiches entsinnt. Was sie plötzlich so freilich machte, wußte sie selber nicht.

Wie kommst du auf so närrische Dinge? fragte sie, ganz in den alten Ton, der sonst zwischen ihnen herrschte, wieder einlenkend. Du weißt, ich heirate nie. Wenn man einen großen Sohn kaum erst aus dem Gröbsten heraus erzogen hat, bleibt einem keine Zeit an andere Menschen zu denken. Und es wäre auch Niemand damit gedient, wenn ich ihm solch ein ungeberdiges Stiefkind mit ins Haus brächte. Wer hat dir nur diese Grillen in den Kopf gesetzt?

Er sagte es ihr. Dann schwiegen sie beide und sahen vor sich hin. Nein, mein Junge, sagte sie endlich mit einem seltsam feierlichen Ton. Ich verlasse dich nie um eines Andern willen. Ich habe kein Opfer dabei zu bringen, und du bist mir gar nichts dafür schuldig. Denn ich müßte erst mein eigenes Herz in Ketten und Banden legen, wenn ich mir ein Leben schaffen wollte, in dem du nicht die Hauptsache wärest. So ist es seit vielen Jahren gewesen und so wird es wohl bleiben bis ans Ende, nur daß für dich freilich eine Zeit kommt, wo deine kleine Mama nur noch auf das Pflichtteil deiner Gedanken und Gefühle Anspruch hat und noch sehr zufrieden sein muß, wenn sie nicht überhaupt wie ein altes aus der Mode gekommenes Möbel in die Rumpelkammer der Erinnerung verbannt wird. Sage nichts dagegen! Ich weiß, was ich zu erwarten habe; aber wer Mutterpflichten übernimmt, darf nicht zuerst an sich selber denken; es geht allen Müttern nicht viel anders, und zuletzt müssen sie gute

Miene machen. Also schlage dir alle Sorge aus dem Sinn. Noch habe ich dich und du mich und nichts soll zwischen uns kommen, so lang es von mir abhängt. Darauf hast du mein Wort und meine Hand; – und nun laß uns Schlafen!

Sie erhob sich und er, mechanisch, stand ebenfalls auf. Wie sie auf der obersten Stufe stand und er einige Stufen tiefer, reichte sie dem langen Menschen bequem an die Stirn. Sie legte sanft ihre Arme um seinen Nacken. – Du mußt dir die häßlichen Runzeln nicht angewöhnen, sagte sie zärtlich. Sie kleiden dich schlecht, und wahrhaftig, du hast keine Ursache, wie ein alter Griesgram ins Leben zu blicken. Wer so verzogen wird, der kann lachen! Fort mit den altklugen Falten, und nun – gute Nacht, mein Junge!

Sie küßte ihn leise auf die Stirn, fuhr ihm noch einmal mit der Hand über das dichte Haar und huschte, das Licht mit fortnehmend, in ihr Zimmer zurück.

*

Die Nacht, die auf diesen bewegten Tag folgte, brachte Helenen einen ruhigen Schlaf. Sie glaubte Alles geschlichtet und wieder auf Jahre hinaus geordnet zu haben. Wenn sie gewußt hätte, daß Walter kein Auge schloß bis gegen den späten Morgen, hätte sie ihm nicht so heiteren Gesichtes nachgesehen, als er seine Wanderung nach dem Landhause des Bürgermeisters antrat.

Er hatte jetzt nur die Lehrburschen draußen zu seiner Hilfe. Der Meister hütete immer noch das Zimmer, Peter Lars ließ sich nicht sehen. Es hieß, daß er im »Stern« übernachtet habe, und seine Absicht schien zu sein, sich eine Zeitlang vermissen zu lassen, um, wenn er endlich wieder käme, mit Dank statt mit Vorwürfen begrüßt zu werden. Doch richtete sich der Alte ganz so ein, als ob er sich ohne den Gesellen behelfen müsse, gab Walter seine Anordnungen, schrieb inzwischen in die Hauptstadt, um neue Hilfe herbeizuschaffen, und ließ alle Habseligkeiten des Burschen ihm in den Stern nachschicken, ohne weiter ein Wort an ihn zu verlieren.

So vergingen drei oder vier Tage. Es war eine beklommene Luft im Hause, kein Lachen, kein munteres Gespräch; die drei Menschen – denn auch Helene war nachdenklich geworden – gingen wortkarg um einander herum. Wenn Walter, der jetzt auch über Mittag draußen bei seiner Arbeit blieb, in der späten Dämmerung nach Hause kam, aß er hastig, was man ihm aufgehoben hatte, und ging dann, Müdigkeit vorschützend, auf seine Kammer, ohne den traurigen Blick des Mädchens zu verstehen. Doch merkte sie wohl, da sein Licht jedesmal tief in den Leuchter eingebrannt war, daß er sich nicht zurückzog, um zu schlafen.

Auch verließ er das Haus nicht darum so früh, weil es ihm keine Ruhe gelassen hätte, an die Arbeit zu kommen. Das Landhaus lag kaum eine Stunde von der Stadt entfernt, da wo der Wald eben anfing und die Gegend hügeliger wurde. Es war ehemals ein fürstliches Jagdschloß gewesen und seitdem durch manche Hände gegangen, zuletzt wenig geschont und von einem guten Oekonomen zu wirthschaftlichen Zwecken verbaut. Der Bürgermeister, der damit prunken wollte, daß er eine Villa besaß, die mehr kostete als eintrug, ließ die Wohnräume im alten Geschmack wieder einrichten. Er dachte daran, den Garten im Sommer dem »Vergnügen der Einwohner« zu öffnen, da der Weg hinaus nur ein mäßiger Spaziergang war. Und doch kam es nicht selten, daß Walter drei volle Stunden darauf verbrachte, während die Lehrburschen in dem sogenannten Muschelsaal, statt ihre Arbeit zu thun, Ball spielten oder im Garten Unfug trieben. – Indessen schlenderte ihr junger Zuchtmeister in den laublosen Waldpartieen umher, in seine Gedanken verloren. Erst die höher rückende Sonne, die jetzt noch in die tiefsten Gründe drang, mahnte ihn endlich, daß man ihn nicht hinausgeschickt hatte, um die Vögel beim Nesterbauen zu belauschen. Er eilte dann quer durch Busch und Hecken dem Hause zu, fuhr die Jungen an mit einer Barschheit, die sie sonst nicht an ihm kannten, und ging so hitzig an die Arbeit, als sollte heute noch das Werk von Wochen zu Stande kommen. Dann plötzlich ließ er den Pinsel wieder ruhn und saß regungslos auf dem Gerüst, irgend einen leeren Fleck der Wand anstarrend, auf den seine Phantasie ein reizendes Gesicht hinzauberte, einen ernsthaften Mädchenkopf, der sich auf weißen Schultern ruhig und vornehm bewegte, und ein Paar schöngeformter Arme, von jenem matten perlenfarbnen Glanz, den die Kunst so schwer nachahmt, der aber einen jungen Künstler seine Arbeit wohl kann vergessen machen.

Ueber diesem Brüten war die halbe Woche ziemlich fruchtlos vergangen, als der Meister eines Morgens ihn zu sich rief und in der Meinung, die Decke des Muschelsaals sei bis auf das Mittelbild fertig, einen alten Kupferstich ihm überlieferte, mit dem Auftrage, die Landschaft, die derselbe darstellte, einstweilen in schicklicher Vergrößerung mit der Kohle auf den weißen Grund des Plafonds zu übertragen. Er selbst wolle gegen Mittag hinauskommen, um zu entscheiden, ob es so bleiben könne. – Es war ein Stich nach Claude Lorrain, eine Architektur im Vordergrunde, an die sich hohe Bäume anschlossen. Mit dem Sonnenaufgang über den Bergen des Hintergrundes dachte der Meister es wohl noch selbst aufnehmen zu können.

Eiliger als sonst machte sich Walter auf den Weg; die Aufgabe lockte ihn, er war im landschaftlichen Zeichnen durch eigene Uebung gewandt, während er das Figürliche immer am liebsten seinen Mitgesellen überlassen hatte. Auch sollte anfangs der Mittelgrund der Saaldecke mit allegorischen Figuren ausgefüllt werden; daran war jetzt nicht mehr zu denken, da Peter Lars so plötzlich verschwunden war.

Eben dachte Walter an diesen leidigen Menschen, über dessen Ausbleiben er von Herzen froh war, als er seine Stimme hinter sich hörte und, sich umwendend, die wohlbekannte Figur des Burschen hastig herankommen sah. Er konnte nicht umhin, stehen zu bleiben und ihn zu erwarten. Eine geheime Neugier trieb ihn auch, den Grund seiner plötzlichen Verbannung aus dem Hause, wovon er nichts Genaueres erfahren hatte, aus ihm herauszuhorchen.

Der kleine schwarze Mensch, der im Reiseaufzug mit Ränzel und Stab daherkam, schien in seiner vergnügtesten Laune zu sein. Sein Mund spitzte sich noch süßer und pfiffiger als sonst, die Augenbrauen zogen sich bis unter den Mützenschirm in die Höhe, die Stimme, mit der er Walter begrüßte, klang hoch und dünn, wie eine lustige Knabenstimme.

Dich habe ich gerade noch sprechen wollen, rief er schon aus der Ferne. Scheiden und Meiden thut zwar weh, aber wenn ich's auch mit dem Meister schriftlich abgemacht habe, dir hätt' ich doch noch so Manches zum Abschied zu sagen, was man nicht gerade in einen Scheidebrief schreibt. Wenn sie dir's also zu Hause nicht verboten haben, mit einem so vogelfreien Menschen dich gemein zu machen, so begleit' ich dich eine Strecke.

Meinetwegen! Aber was hast du nur angestellt, Peter, daß es so plötzlich dahin gekommen ist?

Eine Dummheit, mein wohlerzogener junger Freund, eine rechte Eselei. Aber du wirst's ja wohl wissen. Oder sollten sie dir's verschwiegen haben, weil böse Beispiele gute Sitten verderben?

Die Hauptsache weiß ich freilich, sagte der Jüngling erröthend. Er wußte nichts weiter, als daß der Andere im Rausch sich unehrerbietig gegen Helene betragen; so viel hatte er von der Christel gehört.

Die Hauptsache? höhnte Jener. Eine schöne Hauptsache! Da hab' ich schon andere Hauptsachen in meinem Leben ausgehen lassen, und kein Hahn hat darnach gekräht. Wäre ich nur nicht so dumm gewesen, mich vor der Zeit zu verraten und dann abführen zu lassen, wie einen elenden Spitzbuben – Pest und Hölle! ich hätte meinen Zweck erreicht und könnte jetzt ins Fäustchen lachen, wenn ich auch marschiren mußte. Aber jetzt – was hab' ich jetzt? Abziehen muß ich jetzt mit einer langen Nase, und Andere bleiben zurück und lachen *mich* aus, und ich verdien's, weil ich einer der elendesten Eselsköpfe bin, die jemals – nun so lache doch, Wohlerzogener! Du siehst, ich bin auf nichts Besseres versessen, als mit meiner Tölpelei mich selber zum Besten zu geben. Ich weiß nicht, was da zu lachen wäre, erwiederte Walter kalt; es reute ihn jetzt, den Burschen überhaupt neben sich dulden zu müssen.

Ja, du bist immer die alte Milchsuppenseele, brummte der Andere. Du hast so ein blondes Gemüthe, wie deine Mutter gehabt haben muß, um sich so leicht anführen zu lassen.

Mensch! brauste der Jüngling auf. Ich werde mir's verbitten, daß der Name meiner Mutter jemals von deinen Lippen kommt, oder –

Und er hob seine große Faust gegen den Schwarzen, der plötzlich stehen blieb und ihn mit einem herausfordernden Blicke maß.

Sachte, mein Sohn! sagte er. Ich weiß wohl, daß auch die beste Milch zuweilen sauer wird. Aber sei ganz ruhig. Ich sehe gar nicht ein, was ich dabei profitiren sollte, wenn ich auch mit dir in Unfrieden auseinander käme. Du hast mich immer anständig behandelt, nobel, wie man zu sagen pflegt. Für den Meister war ich eine Arbeitsmaschine; für unsere angebetete Mamsell ein Ungeziefer; du allein hast mit mir gesprochen wie mit einem Menschen. Und darum will ich dir zu guter Letzt noch einen Gefallen thun, mein Junge, daß du, wenn alle Andern auf mich schimpfen, sagen kannst: er hat auch seine guten Seiten gehabt, der Wurm, die Kröte, der dumme Teufel von einem Ungeziefer.

Mach's kurz, erwiederte Walter. Ich habe mehr zu thun.

Hast du, mein Sohn? Bist jetzt der Obergesell, der Allesmacher, der vor jeden Riß stehen muß? Nu, bis der Meister einen Ersatz findet für Peter Lars, wird's ja auch wohl gehen müssen. Das hat er sich wohl nicht träumen lassen, der Alte, als er dich aus christlichem Erbarmen in sein Haus nahm, daß du ihm einmal für Zwei arbeiten und eine Menge Geld verdienen würdest. Kriegst auch jetzt Zulage, mein Junge, oder denkt der bescheidene Herr an so gemeine Dinge nicht?

Was willst du mit all dem Gerede? sagte Walter ungeduldig. Was geht's dich an, wie mich mein Pflegevater –

Pflegevater! unterbrach ihn der Andere, und seine Augen blitzten von schadenfroher Lustigkeit. – Ja so! Nun für einen Pflegevater hat er sich ganz ordentlich gegen dich betragen. Wenn man freilich bedenkt, was ein rechter und leiblicher Vater seinem Sohn schuldig ist, pah! so ist's nicht weit her, was er für dich thut, zumal nach Allem, was er deiner Mutter schuldig war und – schuldig *geblieben* ist.

Er sah dem Jüngling fest ins Gesicht, der in einer furchtbaren Erregung vor ihm Stand. Seine Brust arbeitete gewaltsam, die Nasenflügel bebten. Er trat unwillkürlich einen Schritt zurück und lehnte sich an einen der Bäume, die längs der Straße standen.

Ein helles Gelächter kam von den höhnischen Lippen des Schwarzen. Ist's möglich? rief er. Also wirklich keine Ahnung, wie die Dinge stehen? O du heilige Einfalt! Nun, da ist es ja ein wahres Glück, daß ich ein paar Tage im »Stern« logirt und von dem alten Hausknecht, der früher beim Meister gedient, so nach und nach Alles erfahren habe. Dieser wohlerzogene Waisenknabe wäre am Ende Siebzig Jahre alt geworden, ohne seinen eigenen Vater zu kennen.

Der Jüngling stand noch immer wie vom Blitz gerührt; seine Lippen bewegten sich zum sprechen, aber die Stimme versagte ihm.

Was stehst du da wie eine Bildsäule, fuhr der Andere fort, und thust, als hättest du die Trompete des jüngsten Gerichts gehört? Sei nicht länger ein weichherziger Tropf, den jeder kneten kann, wie er will, sondern sieh die Sachen mit gesunden Augen an und nimm dir dein Theil davon, was dir gebührt; so kommt man respectabel durch die Welt, wenn es auch nicht ganz mit rechten Dingen zuging, als man *in* die Welt kam. Laß uns weiter gehen, ich habe noch den weitesten Weg vor mir, und es eilt mir, das verdammte Spießbürgernest da hinten erst aus den Augen zu haben?

Peter, sagte der Jüngling, indem er sich mühsam bezwang, ist das, was du da sagst, mehr als Geschwätz und Gevatterklatsch?

Frage den Alten selbst, wenn du's nicht glauben willst. Ich möcht' auch wohl sehen, was er für Augen macht, wenn du ihn plötzlich mit Papa anredest. Uebrigens ist die Sache so sicher und gewiß wie's Einmaleins. Und wenn du nur nicht das große Wickelkind wärest, als welches sie dich aufgefüttert haben, hättest du dir's längst an den fünf Fingern abzählen können. Ich wenigstens habe so was gerochen, sobald ich nur die Nase ins Haus gesteckt hatte, und mehr als einmal hab' ich auch darauf gestichelt, und gerade, weil du nicht darauf eingingst, mir gedacht, der weiß Alles, stellt sich aber unwissend und mag seine Gründe dazu haben. Zunächst – man braucht euch nur neben einander zu sehen, um sich zu sagen: da ist 'mal wieder der Apfel nicht weit vom Stamm gefallen. Dieselben langen Gliedmaßen, dasselbe Gestell; von hinten gesehen und in den Kleidern des Alten würde euch nicht der Zehnte unterscheiden. Aber freilich bei ihm ist Alles ins Schwarze oder Aschgraue über- setzt, was bei dir noch gelb und roth und weiß ist. Nun, so viel hast du eben von deiner Mutter mitbekommen. Sie muß eine verdammt saubere Person gewesen sein; der alte Kerl, der Hausknecht, hat sie noch gesehen kurz vor ihrem Tode; da hat er ihr einmal, versteht sich heimlich, Geld vom Meister bringen müssen. Seitdem seh' er sie noch immer leibhaftig vor sich, sagte er, und es sei dem Alten nicht zu verdenken gewesen, daß er sich in sie verschossen; wohl aber, daß er sie hat können sitzen lassen, um seine nachherige Frau zu heiraten, die Schwester unserer angebeteten Mamsell, die ihr aber in keinem Zuge ähnlich gewesen sei, nur ihre Geldkasten, die waren gleich schwer. Und der Meister scheint auch erst zu der jün- geren, der Helene, gekommen zu sein, die hat ihn aber abgewiesen, ein stolzes Frölen war sie schon dazumal; und dann hat er sich an die andere gemacht, die, wie gesagt, nicht hübsch war und auch nicht stolz, und die hat ihn genommen.

Sie hätte ihm wohl auch einen Korb gegeben, wenn sie gewußt hätte, daß deine Wenigkeit damals schon vorhanden war, ja schon die ersten Stiefeln trug, und daß ihr sauberer Hausherr, wenn er seine »Geschäftsreisen« machte, alle Vierteljahr einmal nachsah, wie's in seiner ersten Wirtschaft stand. Das geschah Alles so schlau bei Nacht und Nebel, daß außer deiner Frau Mama und etwa dem alten Hausknecht keine Sterbensseele was davon merkte. Ein ver- dammter Fuchs, der Alte – entschuldige diese freimüthige Bemer- kung. Aber da du selber, obwohl du mit der Zeit ein ganz fixer Jun- ge geworden bist, niemals Unrath gemerkt hast, muß er's doch über alle Maßen pfiffig angestellt haben. Na, endlich ist die Frau denn aber doch dahintergekommen, und nun kannst du denken, was es für einen Mordslärm gegeben hat. So viel hat sie durchgesetzt – und da sie die Schnur vom Geldbeutel hielt, konnte sie's wohl – daß die Geschäftsreisen unterblieben. Dumm, daß sie's that! Denn natürlich, seinen Humor hat es eben nicht verbessert. Und als einmal ein Brief kam – oder war's, daß der Hausknecht mündlich die Nachricht brachte? – deine Mutter liege todtkrank und es sei gar keine Hoffnung, da kannst du wohl denken, daß der Alte nicht mehr mit sich spaßen ließ. Auf und davon und wohl drei Wochen ausgeblieben, auch in der Zeit keinen Brief an die Frau geschrieben, und was konnte er ihr auch schreiben, da er wußte, es freute sie nur, je schlechter es ging? Zuletzt kam er eines Abends nach Hause, da hätte sie nun Ruhe haben können, denn die Andere, deine Mutter, war todt und begraben. Aber nun war's erst vollends schlimm um den Hausfrieden bestellt, denn er brachte ihr eine kleine Ueberraschung von der Reise mit, einen Waisenknaben, Findling oder Pflegesohn, wie man's nennen will, und da mochte sie sich dagegen stemmen und steifen, wie sie wollte, der Junge war einmal in der Welt und sie konnte nichts mehr thun, als ihn schlecht behandeln.

Daß sie das redlich gethan hat, wirst du ja wohl am besten wissen. Der Alte mußte wohl Fünf gerade sein lassen, war auch selten zu Hause, und du scheinst damals schon so ein Lammsgemüth gehabt zu haben, daß du dich nicht gehörig wehren oder auch nur beklagen konntest. Der alte Hausknecht faßte sich einmal ein Herz und sagt' es der bösen Sieben, daß der unschuldige Wurm doch nichts dafür könne, wenn seine Mutter dem Vater besser gefallen habe, als sie. Da hatte er aber die längste Zeit im Hause gedient, und, sagte er, es war mir selber lieb, daß ich wegkam; ich konnte den Jungen nicht so herumstoßen sehen.

Dem Alten sei es auch endlich zu bunt geworden. Da habe er sich seine Schwägerin verschrieben; denn weil die Frau vor Kummer und Zorn krank geworden, sei's im Hause drunter und drüber gegangen. Na, da ist denn unsere angebetete Mamsell erschienen, und wie die das Ding angegriffen, brauch' ich dir ja nicht zu sagen. So, nun ist's 'raus – und er lachte höhnisch vor sich hin – und es ist mir ein besonderes Gaudium, daß ich gerade noch an den alten Johann gekommen bin und ihm bei ein paar Flaschen Franzwein die Würmer aus der Nase gezogen habe. Hab' ich doch dem Alten den Possen spielen können, daß ich dir die ganze heimliche Bescherung vor die Augen gebracht habe. Du magst nun thun, was du willst. So viel weiß ich: wenn ich du wär', ich ließ' mich nicht so als ein vaterloser Lump aufs Gnadenbrod setzen, ich spräche mit dem Alten aus einem andern Ton. Reisen müßt' er mich lassen, thun und treiben, was mir beliebte, und in der Tasche müßt' ich's klingen hören. Warum hat er meine Mutter wegen eines Geldsacks sitzen lassen? Nun wollt' ich wenigstens die Stiefmutter beerben, wie sich's gehört. –

Sie waren bei diesen Reden an den Anfang des Wäldchens gekommen, Walter sagte kein Wort, sondern ging mit schweren Athemzügen und langen Schritten des Wegs, als säße ihm der böse Feind auf den Fersen. Der kleine Schwarze fuchtelte mit dem Stock in der Luft herum und schnitt die wundersamsten Gesichter, die für jeden Andern zum Lachen gewesen wären. Jetzt stand er an einer Stelle, wo die Wege auseinanderliefen, still, lüftete die Mütze, sah zum letzten Mal nach dem Städtchen zurück und sagte:

Ich bin heilfroh, daß es sich zwischen mir und dem Alten nicht doch noch zurechtgezogen hat. Denke dir, ich habe mich herabgewürdigt, ihm heute früh einen Brief zu schreiben, worin ich ihm meine Bedingungen stellte, wenn ich wieder zu ihm gehen sollte; denn daß er mich gerade jetzt nöthig hätte, das wird keiner streiten. Also schrieb ich ohne Umstände und wohl ein bischen allzu unverfroren. Na, er ist mir nichts schuldig geblieben, denn wenn er will, kann er reden und schreiben wie der Bonaparte. Mir auch recht! Ich that's doch nur aus dieser elendigen Ursach', weil ich nämlich von unserer angebeteten Mamsell nicht loskann, sie mag mich noch so viel treten und malträtiren. Pah! wenn ich nur erst weg bin, wird der Schwindel auch vergehen. Aber, was ich dir noch sagen wollte, Freundchen: nimm dir ein Exempel an mir und mach, daß du wegkommst. Du nämlich hast nicht zu fürchten, daß sie dich *schlecht* traktirt, dafür aber das Gegentheil. Weißt du denn, daß sie dem Aktenfresser, dem Notarius, den Laufpaß gegeben hat? Und weißt du auch, warum? Nur weil sie in deine Vergißmeinnichtaugen verschossen ist, das kannst du mir glauben. Und so wie du nun einmal bist, eine Milchsuppenseele, kannst du Gift darauf nehmen, daß du noch einmal von ihr auf ewige Zeiten ins Haus geschlachtet, ich meine nämlich: *geheiratet* wirst; reiße die Augen auf, so viel du willst, aber ich will Hans Sauerbraten heißen, wenn's nicht so kommt. Und das wäre denn doch Jammerschade um dich. Erstens weil sie eine Art Tante von dir ist, so ein Kebstante nur, aber alt genug, deine richtige zu sein, und wenn du erst ein kompletter Mann bist, wie unsereins, ist sie schon eine alte Person, und dann macht sie dir mit Eifersucht und allem Teufel die Hölle heiß. Und dann mußt du dein Lebtag hier hinterm Ofen sitzen, statt deine jungen Jahre durch die Welt zu treiben, wie's recht ist und sich gehört. Ich selbst, wenn ich sie gekriegt hatte, hätt's wahrscheinlich hinterher bereut. Aber ich war wenigstens zum Rasendwerden verliebt, und du, mein Junge, wirst dir's eben nur so angewöhnen, wenn ihr's so forttreibt. Na, du wirst ja auch endlich gescheit werden. Denk an mich, ich mein's gut mit dir. Element noch einmal! was machst du für'n Gesicht! Hat dich's denn wirklich alteriren können, daß ich dir zu einem Vater verholfen habe? Der schlimmste ist's noch lange nicht, wenn *ich* ihn auch nicht sehr zu rühmen habe. Na, nun leb mir wohl, Kamerad, und grüß mir das Nest da unten, und wenn wir uns 'mal irgend wo in der Welt wieder treffen, so hoff ich, soll noch ein Kerl aus dir geworden sein. Schlag ein, mein Junge!

Er hielt ihm die Hand hin; als aber Walter wie abwesend vor sich hin sah und kein Glied bewegte, schwang der kleine Schwarze mit einem halb lustigen, halb grimmigen Fluch seinen Stock und trollte sich pfeifend seiner Wege.

In welcher Verwirrung aller Gedanken der Blonde zurückblieb, ist nicht zu schildern. Aber der Tumult in ihm war von so vermiedenen Seiten angefacht, daß ein Aufruhr dem andern die Wage hielt und eine stille Betäubung eintrat, in der nur dann und wann ein einzelnes Wort von den vielen, die er vernommen, wieder auftauchte und, da aller Zusammenhang fehlte, ihn mehr verwunderte, als beunruhigte. Es kam ihm vor, als habe ihm der leichtfertige Geselle allerlei tolles Zeug, das ihn im Grunde nichts angehe, nur so zur Unterhaltung aufgetischt und er könne nichts Besseres thun, als über all die erlogenen Schnurren hinterdrein zu lachen. Dazu kam es nun freilich nicht. Doch ging er in eben nicht trauriger Verfassung die Waldwege fort bis an das Landhaus, trat in den sonnigen Muschelsaal, dessen hohe Glasthür der warmen Frühjahrsluft weit geöffnet war, und stieg, nachdem er den Lehrburschen ihre Arbeit zugeteilt hatte, auf das Gerüst unter der Decke, wo er nun den alten Kupferstich befestigte und ohne Aufenthalt daran ging, die Umrisse der Landschaft auf die weiße Mauerfläche zu werfen. Da er Uebung im Architekturzeichnen hatte, so stand der Tempel bald ganz schmuck vor den hohen Ulmen und Platanen.

Während dieser ganzen Zeit hatte er nur dunkel und ohne Besinnung an all die Eröffnungen des Peter Lars zurückgedacht, jetzt plötzlich, wie er sein Tempelchen im Ganzen überschaute und dachte, ob der Meister wohl damit zufrieden sein würde, fiel ihm ein, daß der Alte ja herauszukommen versprochen hatte. Da, zu jener Thür herein, würde er kommen. Wie sollte er mit ihm sprechen? wie ihn anreden? Ihn »Meister« nennen, wie bisher?

Das Blut schoß ihm plötzlich zu Kopf und es flimmerte ihm vor den Augen. Er setzte sich auf die Leiter und stützte die Stirn in beide Hände. So überdachte er sein Geschick, was hinter ihm lag und was nun werden sollte. Jedes Wort, das Jener gesagt, kam ihm wieder in den Sinn: er hätte bis auf die Silbe Alles und Jedes niederschreiben können, so tief war ihm auch das Geringste in die Seele gedrungen. Er las die ganze Schrift von Anfang bis zu Ende sich selber wieder vor; nur gegen den Schluß stockte er; was er ihm von der Helene gesagt hatte, schien unmöglich, unbegreiflich. Und doch, was konnte er dagegen sagen? Stimmte nicht so vieles nur dann überein, wenn Peter Lars recht gemuthmaßt hatte? – Das Blut pochte ihm heiß und stürmisch in den Schläfen. Es war ihm unmöglich, die Reißkohle wieder in die Hand zu nehmen.

Eine tiefe Niedergeschlagenheit wollte sich zuerst seines Gemüthes bemächtigen; im nächsten Augenblick überströmte ihn wieder ein wundersam wonniges Gefühl, daß er an sich halten mußte, nicht laut aufzujauchzen. Er sah über die Gerüstbretter hinweg in den sonnigen Park hinaus, wo der Rasen schon überall grünte und an den Zweigen die großen Blätterknospen nur noch einen Tropfen Regen abwarteten, um fingerlang hervorzubrechen. Die Vögel schmetterten in der klaren Luft, und am Dach des vorspringenden Halbrunds, das der Muschelsaal bildete, sah er die Schwalben bauen. Ihm war süß und selig zu Sinne. Er dachte an nichts mehr, nicht wie er den Vater hinfort anreden, nicht was er thun und beginnen wollte, um seinen Lieblingswunsch endlich ins Werk zu setzen und den Pinseln und Farbentöpfen den Rücken zu drehen: nur ihr ernsthaftes Gesicht sah er vor sich; jetzt aber mit seltsam zärtlichem Ausdruck, und die weißen Schultern, und die Arme, und hörte ihre Stimme wie damals, als sie ihn auf die Stirne geküßt und gesagt hatte: Wer so verzogen wird, der kann lachen!

Er merkte es selbst nicht, wie lang er so in den Tag hineinträumte, bis die Lehrburschen ihn daran mahnten, daß es Zeit sei, den Imbiß zu nehmen. Er ließ sie gewähren und blieb oben auf dem Gerüst, da ihn nach Essen und Trinken nicht verlangte. Auf einmal aber fuhr er heftig zusammen, denn er hörte draußen den alten Hausverwalter, einen abgedankten Soldaten, der das Landhaus hütete, auf eine Frage erwiedern: Den Herrn Walter finden Sie im Muschelsaal; er scheint heute in einem Strich fortarbeiten zu wollen, bis es dunkel wird.

Mit bebenden Knieen richtete er sich auf. All seine Fassung hatte ihn verlassen bei dem Gedanken, daß er jetzt zum ersten Mal *wissend* seinem Vater gegenüber stehen sollte. Aber nicht der ungleiche, schwere Schritt des Meisters kam die Stufen des Pavillons herauf. Die Augen jedoch, die ihn schon durch die hohen Fenster hindurch oben auf der Leiter erspähten, waren ihm nicht minder wohlbekannt.

Helene! rief er ihr entgegen. Was führt dich her? Und im Nu war er von der Leiter und stürzte auf sie zu.

Sie war ihm nie so reizend erschienen, die Wangen leicht geröthet von dem raschen Gang, das dunkle Haar unter dem Hütchen etwas zerweht, die Augen leuchtend von Freude und Munterkeit. Sie hatte ein rothes Tuch leicht umgeknüpft und trug ein sorgfältig eingebundenes Körbchen am Arm.

Nichts da! sagte sie, als er es ihr abnehmen wollte. Das kommt erst hinterher und ist nur die Zugabe. Vor Allem muß ich mich meiner Sendung entledigen: mit dem Tempel und Sonnenaufgang nach Claude Lorrain ist es nichts; dein schöner Fleiß von heute Vormittag war umsonst und du magst nur getrost Alles wieder abwischen. Der Bürgermeister hat geschickt; er will Neapel und das Meer und den feuerspeienden Vesuv seinen Gästen dort über den Kopf malen lassen; der Meister hat nicht wenig gebrummt und gewettert, daß man ihm so abgeschmackt in seine Pläne pfusche. Aber Seine Gestrengen haben bekanntlich ihre eigenen Kunstansichten, und so hilft keine Widerrede. Nun hat, um das Maaß voll zu machen, der Peter Lars einen so ungezogenen Brief an den Meister geschrieben, daß ihm der Aerger wieder auf die Nerven geschlagen ist und er nicht daran denken kann, selbst herauszukommen, wie er vorhatte, und so hab' ich's übernommen, dir vorläufig Bescheid zu sagen. Er wird am Abend noch weiter mit dir darüber verhandeln. Einstweilen also nur Waffenstillstand, das heißt, was die Decke betrifft. Denn im Uebrigen scheint mir der junge Herr hier noch ziemlich im Rückstande zu sein. Es sind da noch manche Liebesgötter, die sich mit Einem Bein behelfen müssen, und die Muschelsammlung zwischen den Blumenguirlanden ist auch ziemlich defect.

Sie ließ ihre lebhaften Augen heiter an den Wänden entlang schweifen, während er vor ihr stand, in ihren Anblick verloren, und kein Wort erwiederte. Ich sehe, mein Freund, sagte sie, daß die Neugier, was dieser Korb enthalte, dich total stumm gemacht hat. Wisse also, daß ich in meiner mütterlichen Fürsorge mir's nicht habe versagen können, bevor ich diese diplomatische Mission übernahm, noch einen Gang in die Speisekammer zu thun, da die Kunst freilich nur nach Brod geht, es aber nicht übel zu nehmen pflegt, wenn sie auch Fleisch und Wein dazu findet. Ich selbst habe mir einen ungewohnten kleinen Hunger unterwegs geholt, und so wollen wir nicht lange warten und unserm Korbe bald auf den Grund kommen. Nur mußt du uns einen Frühstücksplatz schaffen, wo es nicht nach Leimfarben und frischem Kalk, sondern eher nach Veilchen duftet. Komm, nimm deine Mütze. Wir wollen einmal den alten Garten durchwandern, ob wir nicht irgendwo eine schattige Bank finden. Das Uebrige, was wir zur Idylle brauchen, ist ja Alles beisammen.

Er lachte, doch schien er kaum gehört zu haben, was sie sagte. Seine einsilbigen Antworten klangen halb verlegen, halb zerstreut. Wie sie aus dem Saal heraustraten und der graubärtige Hausvogt die alte Soldatenmütze zog und dem stattlichen Paar mit einem gewissen väterlichen Wohlgefallen zunickte, wurde der Jüngling über und über roth, als hörte er ringsum seine tiefsten Geheimnisse von allen Zweigen ausrufen. Er ging neben seiner Freundin, ohne ihr den Arm zu bieten. Den Korb aber hatte er ihr trotz ihres Widerspruchs stillschweigend abgenommen. Sie hing sich statt dessen ihr Hütchen an den Arm. Die Sonne ist noch nicht gefährlich, sagte sie und schlug die Augen fest nach ihr auf. Ihr Gesicht glühte von ungewöhnlicher Fröhlichkeit. – Kommt man sich doch wie aus Kerker und Ketten befreit vor, sagte sie, wenn man einmal die Stadt hinter sich hat. Ich meine, wer hier immer in der einsamen stillen Natur lebte, würde gar nicht alt werden, oder es gar nicht merken, was auf eins herauskommt. Schämte ich mich nicht vor dem würdigen Kriegsmann dort, so glaub' ich, ich finge hier trotz meiner hohen Jahre an zu tanzen; die Vögel machen gerade die rechte Musik dazu.

Komm, sagte er. Was ist Böses dabei? Die Allee dort ist glatt genug.

Sie schüttelte den Kopf. Erst frühstücken, sagte sie; und dann nach Haus! Ich habe da Alles stehen und liegen lassen, daß es ein Graus ist.

Er drang nicht weiter in sie und wagte kaum, sie anzusehen, als sie in den hohen Baumgängen hinschritten. Kein Mensch begegnete ihnen, obwohl der Garten noch sehr im Argen lag. Der Bürgermeister hatte den Gärtner fortgeschickt, da er sich mit ihm über allerlei Neuerungen nicht verständigen konnte. Nun stockte die Arbeit. Man sah überall die Spuren des plötzlichen Abbrechens. Doch war es um so heimlicher in der großen Stille.

Sie kamen plötzlich an die Stelle, wo ein Flüßchen durch den Park lief, das zu einem kleinen künstlichen See sich hatte ausbreiten müssen. Eine hölzerne Brücke hatte ehemals zu der Schwanen-Insel geführt, die man mit hohen Eschenbäumen und einer Einsiedlerhütte herüberwinken sah. Die Brücke hatte erneuert werden sollen, aber mitten im Abbruch war wieder Gegenbefehl von Seiner Gestrengen gekommen, und so führte nur erst ein einziger Balken, frei über die Stützen hinlaufend, ans jenseitige Ufer. Helene stand still.

Ich getraue mich nicht hinüber, sagte sie, obwohl der Balken mich wohl trüge. Ich fürchte mich vor dem Schwindel.

Die Schwanin brütet, sagte er wie für sich. 's ist hübsch zu sehen, wie das Männchen seine Flügel schüttelt, sobald man dem Nest zu nahe kommt.

Bist du drüben gewesen?

Oft. Es hat gar keine Gefahr. Komm, ich will dich tragen.

Wir werden alle beide ins Wasser fallen, lachte sie. Laß uns lieber umkehren.

Nein. Ich muß dir die Hütte zeigen. Es ist ein Tisch darin, wo wir frühstücken können. Nimm du nur den Korb und laß mich machen.

Indem hatte er sie schon aufgehoben, er fühlte die Last kaum, aber der schwanke Steg zitterte unter ihnen, und sie klammerte sich mit den Armen fest um seinen Hals. Mitten über dem rauschenden Flüßchen hielt er an. – Wie wär's? sagte er mit einem seltsamen Ton. Jetzt die Augen zugemacht und Eins – Zwei – Drei – und Alles wär' vorbei!

Sei nicht gottlos! flüsterte sie, und er fühlte, wie ihr Herz klopfte.

Als er sie glücklich drüben am Ufer hatte, hielt er sie noch einen Augenblick schwebend über dem Boden. Ich möchte doch sehen, wie lange ich dich tragen könnte, ohne müde zu werden, sagte er.

Und sie: Ich verlange gar nicht nach dieser Probe. Ich habe schon bequemer gesessen und wollte nur, ich wäre erst wieder hinüber. Aber da ist die Hütte. Wenn die Leute, die schon einmal unter diesen Bäumen gewandelt sind, plötzlich alle daherkämen, es müßte ein toller Maskenspuk sein.

Ich kann ihre Gesellschaft entbehren, erwiderte er leise.

Seltsame Zeiten müssen es doch gewesen sein, fuhr sie nachdenklich fort. Zöpfe und Puder und Galanteriedegen und dann wieder Schäferspiele und Eremitagen. Die Natur rächt sich immer, wenn man sie allzugrob aus dem Hause jagt. Sie schleicht sich dann in irgend einer Verkleidung wieder ein.

Dort sind die Schwäne, sagte er. Nun standen sie von fern und sahen dem schönen Schauspiel zu, wie die Schwanin in tiefer Ruhe auf ihren Eiern saß und der Schwan mit eifersüchtiger Hast in großen Kreisen das Nest umschwamm.

Hörst du, wie er schnaubt und zischt? fragte der Jüngling.

Es klingt unheimlich, sagte sie. Fast wie wenn etwas von menschlicher Leidenschaft in ihm arbeitete. Und der Gegensatz der sanften schneeigen Federn macht es vollends merkwürdig. Ich könnte hier stundenlang den Thieren zuschauen. Aber laß uns in die Hütte gehen. Da ziehen leichte Regenwolken auf.

Wirklich fing es schon an zu tröpfeln, und während sie nun zusammen an dem rohgezimmerten Tischchen saßen, hörten sie den prachtvollen Frühlingsregen auf das Rindendach herabrauschen und ein paradiesischer Wohlgeruch von tausend frisch aufbrechenden Blüthen drang durch die kleinen mit Spinnweb überhangenen Fenster zu ihnen hinein. Sie saßen neben einander auf der einzigen Bank des Hüttchens und sahen, während sie aßen, durch die offenstehende Thür über die Fläche des Sees, der im Regen dampfte und sprühte. Die Vögel waren plötzlich stumm geworden, und sie selber horchten sprachlos auf das Rauschen und Rieseln zu ihren Häupten.

Man sieht gar nicht mehr das andere Ufer, sagte sie. Der Regen fällt wie ein dichter Schleier herab und verbirgt einem die übrige Welt. Im Grunde ist nichts daran verloren.

Es sieht aus, als schwämme unsere Insel mitten im Meer, sprach er, den Blick starr auf die Wasserfläche geheftet. Ich wollte, das Ufer wiche immer weiter zurück und wir trieben endlich in den großen Ocean hinaus.

Du wärest mir ein schöner Robinson, du verwöhntes Kind!

Warum nicht? Hätt' ich nicht Alles, was man zum Leben braucht?

So lange der Korb noch nicht den Boden zeigt und das kleine Fläschchen nicht ausgetrunken ist. Allenfalls könnten wir auch noch dem Schwan die Eier abkämpfen; dann wäre das Lustspiel zu Ende und das Trauerspiel finge an. Ich hab' einmal eins gelesen vom Grafen Ugolin, den sie mit seinen Kindern in den Hungerthurm warfen. Ich möcht's nicht aufführen sehen, geschweige mitspielen.

Er sah unverwandt in das kleine Glas, das sie mitgebracht und ihm vollgeschenkt hatte. Was hilft's, sagte er leise, wenn der Leib satt wird und die Seele dabei verhungert! Lieber umgekehrt; meinst du nicht?

Ich verstehe dich nicht. Du redest seltsames Zeug.

Trink aus dem Glas, sagte er. Es heißt ja, man erräth dann die Gedanken.

Er reichte es ihr, sein ganzes Gesicht glühte, seine Augen wichen ihren verwundert forschenden Blicken aus. Sie nahm ihm das Glas ab, setzte es aber nicht an die Lippen.

Ich wollte, das Mittel hülfe, erwiederte sie. Denn seit einigen Tagen ist ein gewisser junger Mensch, der sonst keine Geheimnisse vor mir hatte, ein Buch mit sieben Siegeln für mich. Aber in diesem Wein wird schwerlich die Wahrheit sein. Das Gescheiteste wäre –

Sie hielt inne, denn plötzlich dämmerte ein Gedanke in ihr auf, den sie noch nicht fernhalten wagte. Er hatte die Augen aufgeschlagen und fest auf sie geheftet. Helene, sagte er, es ist zu viel verlangt, daß man reden soll, wenn einem die Kehle zugeschnürt wird. Aber so viel weiß ich freilich auch, ich muß fort!

Fort? Was fällt dir ein?

Du hast Recht, sagte er dumpf und ließ plötzlich das Auge mit dem Ausdruck einer verzweifelten Trauer zu Boden sinken. – Was fällt mir auch nur ein? Ich weiß es ja nur zu gut, ich *kann* nicht ohne dich leben!

Das Wort durchbebte sie bis in die Fußspitzen. Halb bewußtlos hielt sie das Glas immer noch in der Hand, ohne zu merken, daß sie den Wein verschüttete. So ist's nicht gemeint, sagte sie. Was sind das für Reden?

Sie wollte aufstehen; er faßte sie plötzlich an der Hand, daß sie zusammenfahrend das Glas fallen ließ. Wohin willst du? sagte er. Bleib! Hier mußt du's hören oder es erstickt mir das Herz im Leibe, daß ich's wie einen todten Stein in mir tragen muß. Wohl ist's so gemeint! Und noch einmal: *Ich kann nicht ohne dich leben!* Und mag es doch die ganze Welt hören, was kümmert's mich? Ich habe nichts auf der Welt als dich, und ich weiß, wenn diese Insel jetzt ins Meer hinausschwämme, so würdest du mein sein und ich dein in alle Ewigkeit. Kannst du's leugnen? Was ändert's nun, daß die Welt noch um uns ist und daß sie drüber schwatzen können nach Belieben? Können uns die Anderen glücklich oder unglücklich machen? Du hast nach Niemand zu fragen, ich bin ein verlorenes Waisenkind, und wenn ich noch einen Vater haben sollte, mich verlangt nie, vor sein Angesicht zu treten. Warum sollen wir in die Stadt zurück? Könnten wir nicht in die Welt hinaus, übers Meer, in eine

Wildniß, wo uns Keiner den Taufschein abfordert, und da leben für einander und glücklich sein und der Welt lachen, die es uns nicht gönnen möchte?

Er hatte ihre Hand fest mit beiden Händen umschlossen, und während ihm die Worte in glühender Hast vom Munde stoben, saugten sich seine Augen an ihren geschlossenen Wimpern fest und er beobachtete angstvoll das Zittern ihres halb geöffneten Mundes. Sie schwieg noch immer. Es summte und dröhnte ihr ums Haupt, sie unterschied nicht genau jedes seiner Worte, aber ihr Sinn drang übermächtig auf ihre Seele ein. – Helene! rief er – im nächsten Augenblick hatte er ihre Hand freigelassen, aber mit beiden Armen in leidenschaftlicher Sehnsucht ihre bebende Gestalt an sich gerissen, und hielt sie schwebend über dem Boden, während sein Mund ihr Gesicht über und über mit stürmischen Küssen bedeckte.

Der Rausch, der ihn hingerissen, währte nur einen Moment. Mit überwallender Heftigkeit entwand sie sich ihm und stand nun glühend und athemlos, mit flammenden Augen ihm gegenüber.

Kein Wort mehr! sagte sie. Danke Gott, daß ich Vernunft für uns *beide* behalte und diese aberwitzigen Reden für das nehme, was sie sind, für überspannte Phantastereien eines müßigen Kopfes. Wenn ich thöricht genug wäre, diese Kindereien ernst zu nehmen, so dürftest du mir nicht wieder vor die Augen kommen. Selbst die Nachsicht einer Mutter hat ihre Grenzen, und wenn du dir jemals solche Narrheiten wieder einfallen ließest, so hätten wir das letzte Wort mit einander gewechselt. Ich werde dafür sorgen, daß du den Respect nicht wieder so weit vergissest; leider habe ich bisher dir Manches nachgesehen, weil ich auf deine gute Natur zu fest vertraute. Ich sehe, auch du bist nicht viel besser, als andere junge Thoren deines Alters, und das thut mir leid, um dich und mich. Aber es geschieht mir schon recht. Warum bildete ich mir ein, zehn Jahre reichten hin, um einen Menschen kennen zu lernen, zumal wenn man ihn selbst erzogen hat?

Er stand ihr gegenüber, ohne ein Wort hervorzubringen. Wenn die Erde sich unter ihm aufgethan hätte, wäre es ihm gerade recht gewesen. In dem Taumel seiner Gedanken suchte er umsonst ihre Worte mit all dem zu reimen, was er die Tage über erlebt hatte. Hätte er sie anzusehen gewagt, so wäre ihm wohl die Ahnung aufgedämmert, welch ein Kampf in ihrer Seele kämpfte, während sie die vernichtenden Worte sprach.

Es hat aufgehört zu regnen, sagte sie jetzt im gleichgültigsten Ton. Ich muß fort.

Er richtete sich unwillkürlich auf, sie zu geleiten.

Ich finde schon den Weg, sagte sie, und weiß ja nun, daß die Brücke sicher ist. Guten Tag, Walter! Das Körbchen magst du mir durch die Lehrjungen zurückbringen lassen.

Sie war in die Thür der Hütte getreten. Wie alles Laub plötzlich vorgebrochen ist, sagte sie und ihre Stimme klang wieder ruhiger. – Alles hat seine Zeit, und wir können nichts ändern und nichts hindern. Gieb mir deine Hand, mein Junge. Du sollst hier nicht zurückbleiben und Trübsal blasen, weil du bewiesen hast, daß du noch ein rechtes Kind, ein rechter Hans der Träumer bist. Ich bin auch gar nicht mehr böse, und was wir beide an heftigen und häßlichen Worten gesagt haben, wollen wir nur geschwind wieder vergessen. Du wirst bald selbst darüber lachen, wie es mir jetzt schon nur recht närrisch vorkommt. Und wenn du heut Abend nach Hause kommst, bringe ein klares Gesicht mit und den guten Vorsatz, hinfort deine »kleine Mama« zu ehren, auf daß es dir – wie es im vierten Gebote heißt. Gott befohlen, mein Junge!

Sie winkte ihm, der an der Schwelle zurückblieb, noch einmal herzlich mit der Hand; dann wandte sie sich und schritt schwebenden Ganges über den Steg zurück in die Saumgänge des Parks. Er sah ihr unverwandt nach, bis sie verschwunden war. Er ahnte nicht, als er sich in Schmerz, Scham und bitterer Reue auf den Boden warf, daß auch sie, sobald sie im Walde allein war, mit zitternden Knieen still stand und, die Stirn an einen jungen Baum gedrückt, in heftiges Schluchzen ausbrach.

*

Der Tag neigte sich schon; unten im Zimmer des Meisters war ohne Licht nichts mehr vorzunehmen. Er legte das alte Gouachebild von Neapel und dem Vesuv, auf dem er mit weißer Kreide einige Linien im Vordergrunde verändert hatte, aus der Hand und wollte eben den grünen Schlafpelz abwerfen, um sich zu einem kleinen Gang in die Stadt zu rüsten, als die Thür geräuschlos aufging und Helene hereintrat. Ihr Gesicht war völlig still und heiter, ihre Stimme verrieth keine Spur eines aufregenden Erlebnisses.

Guten Abend, sagte sie. Ich komme später, als ich gedacht hatte. Auf dem Rückweg hat mich ein wichtiges Geschäft, das ich schon lange vorhatte, wohl eine Stunde aufgehalten. Christel wird Euch inzwischen versorgt haben, Schwager. Wie ist es gegangen?

Der ungewohnt freundliche Ton ihrer Worte befremdete ihn und schnitt die Vorwürfe ab, die ihm schon auf der Zunge schwebten. Wie steht's draußen im Muschelsaal? fragte er statt aller Antwort. Ihr werdet so viel geschwatzt haben, daß an Arbeiten nicht zu denken war.

Sie erröthete flüchtig. Ich bin gleich nach Mittag wieder fort, und ohne mein Irregehen im Wäldchen und meine Stadtwege wär' ich längst wieder zu Hause. Was würd' es aber auch schaden, wenn die Arbeit einen Tag später fertig würde? Im Park ist ohnehin noch Alles in den Anfängen, und der Muschelsaal kann doch, wie ich denke, in acht Tagen fertig sein. Habt Ihr schon Nachricht, ob der neue Geselle Euch sicher ist, um den Ihr geschrieben?

Nein. Warum fragst du?

Sie setzte sich auf einen Stuhl, den Rücken dem Fenster zugekehrt. – Ich will's Euch nur gestehen, sagte sie, ich habe mir Eure Reden von neulich gesagt sein lassen. Es will mir scheinen, als hättet Ihr wohl Recht, daß es Zeit sei, Walter auf Reisen zu schicken. Ich kenne ihn ganz und gar, er verzehrt sich hier in unserm engen Leben, er muß in eine neue Luft, wenn er sich frisch und gesund auswachsen soll. Ich weiß aber auch, daß es Euch schwer werden würde, ihn in der Fremde zu unterhalten, er müßte denn in seinem Handwerk Arbeit suchen, was er nur mit schwerem Herzen thäte, denn er treibt's nicht mit Lust, und in fremden Verhältnissen würde es ihm vollends verleidet.

Sie hielt einen Augenblick inne. Die Stimme drohte ihr zu versagen. Er stand, ohne sie anzusehen, an dem anderen Fenster und zeichnete mit dem Finger auf die überhauchte Scheibe.

Schwager, sagte sie jetzt, ich habe hinter Eurem Rücken etwas gethan, wovon ich hoffe, daß es Euch recht sein wird, da es zu Walters Bestem ist. Als ich aus dem Walde nach der Stadt zurückging, überlegte ich, wie wir die Jahre über mit einander gelebt haben. Es that mir leid, daß ich nicht immer so herzlich zu Euch war, wie es uns Beiden das Leben erleichtert hätte. Ich konnte Euch so Manches niemals vergessen, obwohl es abgetan ist und ein Mensch den andern nicht richten soll. Was Walter betrifft, so hatt' ich mir wohl nicht viel vorzuwerfen; ich glaube, meine Mutterpflichten gegen ihn, so gut ich's verstand, erfüllt zu haben. Aber wenn ich's nun dabei ließe, nur weil es mir schwer wird, ihn herzugeben, so seh' ich wohl ein, daß ich Alles wieder zunichte machte. Und da kam mir der Gedanke, daß für ihn und uns Alle gesorgt wäre, wenn ihn seine »kleine Mama« wie ihren rechten Sohn zum Erben einsetzte; versteht mich wohl: ich denke gar nicht ans Sterben, nur ans Beerbtwerden und zwar bei lebendigem Leibe. Weil aber ein Frauenzimmer von solchen Geschäftssachen nichts versteht, bin ich gleich, sobald ich mir Alles klar gemacht hatte, zu einem Gerichtsmann gegangen, zum Notarius, und habe ihn gefragt, wie man das am besten anstellte, sein bischen Hab' und Gut loszuwerden.

Zu Doktor Hansen? warf der Meister ein.

Ja. Er war gleich bereit, mir Alles zu erleichtern. Eine Schenkungsurkunde hab' ich auszustellen gehabt; diesen Abend noch bringt er Euch die Ausfertigung. Denn ich habe ihn gebeten, mit Euch zusammen in Zukunft das Geld zu verwalten und, bis Walter mündig geworden ist, ihm was er braucht zukommen zu lassen. Ihr werdet hoffentlich nichts dagegen haben.

Mädchen! rief der Alte, und du selbst?

Glaubt nicht, daß ich mich vergessen habe, sagte sie heiter. Ich habe für mich so viel übrig behalten, daß ich nicht leicht verhungern kann, zumal wenn ich, wie es meine Absicht ist, in irgend einem guten Hause mir eine Stelle suche, etwa um wieder ein verwaistes Kind großzuziehen; ich habe ja nun eine Schule durchgemacht.

Und wenn du alt wirst oder die Abhängigkeit von fremden Menschen doch nicht ertragen kannst, wie du jetzt meinst?

Auch dann werde ich nicht verlassen sein, erwiederte sie ernst. Dann hab' ich für meine alten Tage wohl einen Platz offen im Hause meines Walter, und seine junge Frau wird mir nicht den Stuhl vor die Thüre setzen.

Ein langes Schweigen folgte auf diese Worte.

Ihr scheint nicht ganz einverstanden, Schwager, fing sie endlich wieder an. Aber es ist auch für Euch das Beste. Wenn Ihr die Sorge um den Sohn los seid, könnt ihr endlich thun, was Euer Leben lang Euch im Sinn gelegen: Haus und Garten verkaufen, das Geschäft aufgeben und auf ein paar Jahre in den Süden gehen. Meint Ihr nicht auch, daß Ihr in Eurem schönen Italien die häßlichen Plagegeister, die Rheumatismen, bald abschütteln würdet? Und dann käme Walter, wenn er was Ordentliches gelernt hätte, eines schönen Tages zu Euch über die Alpen, und Ihr zeigtet ihm all die Wunderdinge, nach denen Ihr Euch nun schon so lange gesehnt habt, und hättet Freude an einander und –

Die Stimme versagte ihr plötzlich. In demselben Augenblick – sie war zu ahnungslos, um es zu verhindern – stürzte der Meister vom Fenster weg zu ihr hin und wie besinnungslos vor ihr auf die Kniee. Er drückte sein graues Haupt so fest in ihren Schooß, daß die Laute, die von seinen Lippen kamen, Stammeln und Schluchzen durcheinander, erstickt wurden.

Kommt zu Euch, Schwager, flüsterte sie, zu ihm hinabgebeugt, mit zitternder Stimme. Hört mich nur aus; ich verlange noch ein Opfer von Euch, das Euch vielleicht schwer fällt. Aber wenn Ihr es ablehnt, so kann aus dem Allen nichts werden.

Er blickte sprachlos zu ihr auf, ohne sich von den Knieen zu erheben. Die große gewaltige Gestalt lag hilflos, wie niedergeschmettert von stürmischen Gefühlen. Er hatte eine ihrer Hände gefaßt und gegen seine Lippen gedrückt. Sie sprach:

Was ich vorhabe, würde ganz umsonst sein, wenn er wüßte, daß es von mir ausgeht. Er ist kein Kind mehr. Er hat den Stolz und das Zartgefühl eines Mannes. Wenn er je erführe, daß er diese Erbschaft von *mir* angetreten, so könnt' ich ihm die heiligsten Eide schwören, wie sehr es mich glücklich macht, für sein Leben, seine Studien, sein Glück zu sorgen: ich weiß doch, er würde Alles von sich weisen. Also müssen wir sorgen, daß er getäuscht werde, und ich sehe keinen anderen Weg, als den, daß eine *andere* Täuschung von ihm genommen werde. Er muß seinen *Vater* kennen und sein Vater muß ihm sagen, daß er diese Wendung seines Lebens *ihm* verdanke.

Der Meister sprang auf und ging mit heftigen Geberden durchs Zimmer. – Nimmermehr! brach es von seinen Lippen. Es ist unmöglich, Helene! Ich *kann's* nicht!

Was könnt Ihr nicht? fragte sie ernst.

Da blieb er wieder vor ihr stehen und sah sie bittend an. – Fordere es nicht von mir, sagte er, das nicht! Wohl kostet es mir nichts, den herrlichen Jungen an mein Herz zu drücken und ihn Sohn zu nennen, wenn du mich des Versprechens entbinden willst, das ich deiner armen Schwester habe geben müssen. Aber daß ich als sein Wohlthäter vor ihn hintreten soll, ich, der ich an ihm und seiner Mutter mich so schwer versündigt habe –

Es ist gesühnt, Schwager, unterbrach sie ihn, und was noch zu sühnen wäre, wird eben durch diese Buße ausgeglichen, die ich von Euch fordere. Auch ich habe wieder gut zu machen, eigene und fremde Schuld. Wenn meine arme Schwester nicht im Irrsinn ihres Hasses den Knaben und Euch enterbt hätte, so wäre Alles wohl anders gekommen. Gebt mir Eure Hand darauf, daß Ihr thun werdet, was ich gebeten habe. Glaubt mir, es ist uns allen damit geholfen.

Sie stand auf. – Ich höre Schritte draußen, sagte sie. Wenn es Walter sein sollte, laßt die Nacht darüber nicht vergehen; verschweigt ihm aber, daß der Entschluß, ihn jetzt fortzuschicken, von mir ausgegangen ist. Er hat nun wieder einen Vater. Ich lege mein Pflegeamt in Eure Hände zurück und weiß, daß er bei dem Tausch nicht verlieren wird.

Ohne seine Erwiederung abzuwarten, ging sie hinaus. Im Flur begegnete ihr nicht Walter, sondern der Notarius, der die Schenkungsurkunde brachte. – Ich habe mit dem Schwager schon Alles besprochen, sagte sie freundlich zu dem stummen Manne, der vor ihr stehen blieb. Er ist mit Allem einverstanden, und so überlasse ich das Weitere Ihnen und ihm mit dem vollsten Vertrauen. Sie mögen ihm nur gleich Ihre Mittheilungen machen.

Damit grüßte sie ihn mit einer leichten Bewegung des Kopfes und ging an ihm vorüber, dem Garten zu. Sie hatte die Fruchtbäume und Gesträuche dort am Morgen noch in Knospen verlassen. Jetzt waren alle Zweige und Ranken hell übergrünt. Das sah sie mit stiller Freude und dachte, während sie die schmalen Kieswege hinunter schritt, wie bald sie es nicht mehr sehen würde. Es mischte sich aber kein Hauch von Kummer in diese Stimmung, und ihr Herz, das an diesem Tage so manchen Sturm bestanden hatte, schlug ruhig.

Nur als eine halbe Stunde darauf der Schritt des Notarius über den kleinen gepflasterten Hof erklang und sie jetzt ihn in den Garten treten sah, mußte sie sich zusammennehmen, eine plötzliche Bewegung nicht zu verraten. Sie stand still und sah dem ernsten Manne forschend ins Gesicht.

Was bringen Sie mir? fragte sie. Ich hoffe doch, es ist nicht irgend ein Umstand, den wir vergessen haben, und der diese so einfache Sache erschwert.

Es ist Alles aufs Beste geordnet, erwiederte er, und was ich als Geschäftsmann in diesem Hause zu verhandeln hatte, kann für erledigt gelten. Verzeihen Sie nur, daß über dem Aktenmann der *Mensch* in mir nicht ganz verstummt ist und zu Worte kommen will, selbst da, wo er fürchtet, kein geneigtes Gehör zu finden.

Er erwartete, ob sie ihm ein Zeichen gäbe, das er für oder gegen sich deuten möchte. Als sie schwieg, belebte sich sein Muth.

Sie wissen, wie es um mich steht, fuhr er fort. Nach unserm Gespräch am Sonntag hätte ich ein Wort, das noch hoffnungsvoll klänge, nicht mehr an Sie zu richten gewagt. Tags darauf hat mir Ihr Schwager bestätigt, was ich mit tiefem Schmerz schon dunkel geahnt hatte, daß Sie überhaupt jede Annäherung abzuweisen entschlossen seien, weil Sie sich nicht sicher glauben, daß dieselbe nur Ihrer *Person* gälte. Es konnte mich wenig trösten, zu erkennen, daß nicht zunächst eine Abneigung gegen mich selbst meinem einzigen Lebensglück im Wege stehe. Wie sollte ich es anfangen, Sie von dem völligen Ungrund Ihres Vorurtheils zu überzeugen? Wenn meine jahrelange, freilich nie ausgesprochene Bewerbung Sie nicht über diesen Punkt beruhigen konnte, welcher Versicherung würden Sie mehr Glauben schenken? Nun haben Sie mich heute zum Vertrauten gemacht und dabei tiefer in Ihre Seele blicken lassen, als es für den bloßen geschäftlichen Akt nöthig gewesen wäre. Ich habe Ihnen in meinem Büreau dafür nicht danken können. Hier darf ich es thun; und Sie werden mich nicht für einen Thoren halten, wenn ich, ehe ich für immer entsage, noch einmal die Frage an Sie richte, ob Ihr Entschluß auch jetzt noch fest steht? Mich werden Sie immer unverändert finden.

Sie blickte still zu Boden. Fragen Sie mich heute nichts, sagte sie mit bewegter Stimme. Ich habe noch zu Manchem, was bevorsteht, meine Kraft nöthig, und es ist heute schon genug an ihr gerüttelt worden.

Heute nicht? fragte er leise. Also vertrösten Sie mich nur auf eine andere Zeit?

Mein Freund, sagte sie, ihn fest und innig anblickend, wenn Sie mir wirklich ein Freund sind, so lassen Sie den Mond, der dort eben heraufkommt, seinen Lauf erst vollenden, ehe Sie unser Haus wieder betreten. Es sieht wunderlich in mir aus, Sie würden Manches kaum verstehen, wenn ich Sie jetzt schon in all diese Räthsel einweihte. Ich fühle, es wird sich mit der Zeit schlichten, und dann werde ich auf Ihre Frage eine klare und unumwundene Antwort haben. Das ist Alles, was ich Ihnen heute mit auf den Weg geben kann.

Es ist mehr, als ich hoffte, mehr, als ich werth bin, sagte er bewegt und beugte sich, die Hand zu küssen, die sie ihm Abschied reichte. So gingen sie auseinander.

*

Vier Wochen später sah dieselbe schwache Mondsichel, die an jenem Abend unserm blonden jungen Freunde aus dem Walde nach Haus geleuchtet hatte, in eine Straße der großen Hauptstadt, die mitten im Künstler- und Studentenviertel lag. Das Fenster eines kleinen Quartiers im dritten Stock stand offen, und dicht davor, um die letzte Tageshelle noch zu benutzen, hatte ein eifriger junger Mensch ein großes Zeichenbrett gerückt, auf dem sein Tuschpinsel mit kräftigen Strichen ein schönes Ornament in Schattenwirkung brachte.

Die Wirthin trat ein und hatte einen Brief in der Hand. Von zu Hause! sagte sie, legte ihn auf den Tisch und entfernte sich wieder. Im Nu waren Zeichenbrett und Farbenkasten beiseite geworfen und mit hastigen Händen das Siegel erbrochen. Auf dem Fensterbrett sitzend las der Jüngling was folgt:

»Lieber verzogener Sohn!

Daß es nun fast drei Wochen her ist, daß wir getrennt sind, würde mir selbst unglaublich scheinen, wenn ich meinen Kalender nicht für unfehlbar halten müßte. Da habe ich den Tag deiner Abreise mit einem dicken schwarzen Strich gebrandmarkt und die Tage, wo deine Briefe kamen, mit rothen Strichen angemerkt, und es ist richtig, wir haben uns schon ganze neunzehn Tage ohne unsern langen Herrn Sohn beholfen und wie lange es noch dauern soll, ist vorläufig gar nicht abzusehen! – –

Ich habe inzwischen mehrmals angefangen an dich zu schreiben, es aber immer wieder liegen lassen. Ich wußte, daß dein Vater an dich schrieb, so daß du an Nachrichten über uns keinen Mangel littest. Was deine »kleine Mama« dir sonst noch hätte sagen können, hätte dir vielleicht, wenn sie auch keine sentimentale Briefstellerin ist, Heimweh erregen können, und damit sollst du vorläufig nichts zu schaffen haben. Aus deinem letzten Brief sehe ich mit Freuden, daß die neue Luft, in der du lebst, dir schon heimisch geworden ist, daß deine Arbeiten dich ganz ausfüllen und deine Kameraden dir zusagen. Nun kommt gleich das eifersüchtige Mutterherz und fürchtet, du möchtest ihm ganz und gar entrissen werden. Und so schreibe ich nun, zumal ich Dinge zu berichten habe, die auch dir nicht gleichgültig sein werden.

Gestern nämlich ist das große Zauberfest, mit welchem Bürgermeisters ihr Landhaus einzuweihen versprochen hatten, von Statten gegangen. Der Himmel war seiner Gestrengen besonders gnädig; einen schöneren Tag hat dieses Jahr noch nicht gebracht, und was im Garten nur blühen und duften konnte, schien dem Feste zu Ehren sein Bestes thun zu wollen. Unser Wirth – du kennst ihn, wenn er zu repräsentiren hat – war die Liebenswürdigkeit selbst, Frau und Tochter von Kopf bis Fuß guter Geschmack und neueste Mode, wir anderen Kleinstädter jeder nach Kräften herausgeputzt. Was wirst du sagen, daß ich, deine ehrwürdige »kleine Mama«, in einem förmlichen Ballstaat erschienen bin? Und was nun erst dazu, daß ich *getanzt* habe, und zwar nicht nur eine ehrbare Polonaise mit dem Herrn des Hauses, der uns bei Fackelschein durch alle Räume bis in den Keller hinab und durch ein gut Stück des Parks herumführte, sondern getanzt wie ein leichtfertiges junges Ding, Walzer, Ecossaisen, sogar eine hackenklirrende Mazurka, die der junge Referendarius, dein ehemaliger Rival, mit der Tochter des Hauses anführte. O mein armes Kind, es kann nicht länger verschwiegen werden, daß die Pflegerin und Hüterin deiner Jugend hinter deinem Rücken sich herausnimmt, auf ihre alten Tage wieder jung zu werden. Denn nicht genug, daß ich selbst mich mitten in den tollen Wirbel gemischt habe, der durch unsern wohlbekannten Muschelsaal brauste und sich durch den feuerspeienden Berg an der Decke keinen Augenblick einschüchtern ließ: auch einen anderen sonst sehr gesetzten Menschen habe ich mit in die Ausgelassenheit hineingezogen, so daß wir beiden betagten Leute ohne Zweifel heute in vieler Gevattern Mund sein werden. Ja, mein theuerster Sohn, ich muß es dir nur beichten – du würdest es sonst nicht glauben, wenn du es zufällig in der Zeitung läsest: deine kleine Mama ist des festen Willens, dir einen Stiefpapa zu geben, und dieser ihr Entschluß ist gestern feierlich vor der Creme der hiesigen Honoratiorenschaft proklamirt worden, und besagte kleine Mama und ihren Bräutigam, den Herrn

Notarius, hat man mit Trompetentusch um Mitternacht hoch leben lassen. Ich dachte erst, alle Menschen würden sich darüber wundern und es eben so unwahrscheinlich wie unpassend finden, daß man noch an Hochzeitmachen denkt, wenn man einen erwachsenen Sohn draußen in der Fremde hat. Aber nach ihren Reden zu urtheilen, schienen es alle ganz in der Ordnung zu finden, und am Ende ist Niemand, der seine Glossen darüber macht, als eben der Herr Pflegesohn. Diesem sei es denn gesagt, daß wohlgeratene Kinder die Handlungen ihrer Eltern nicht lange zu kritisiren, sondern respectvoll als Eingebungen höherer Weisheit hinzunehmen haben. In Hoffnung, daß auch unser Walter zu diesen braven Söhnen gehört, schicke ich ihm einstweilen die herzlichsten Grüße meines lieben Bräutigams und versichere ihn im Voraus, daß er diesen allerbesten Menschen ebenfalls von Herzen liebgewinnen wird, wenn er seiner Zeit zu uns kommt als wohlbestallter Baumeister, um statt des alten winkligen Hauses, in das wir zum Herbst einziehen werden, uns vor dem Thore ein luftiges, helles Häuschen zu bauen, wenn auch ohne Muschelsäle und feuerspeiende Berge.

Für heute muß ich Lebewohl sagen, liebster Sohn; er (der große Er) tritt eben ins Zimmer, mich zu einem Spaziergang abzuholen, und da Er hinfort mein Herr sein soll, so habe ich zu gehorchen. Nur noch von deinem Vater, daß auch er wie verjüngt umhergeht; der Fuß ist plötzlich ganz beweglich geworden, und wir haben freilich warme Tage, aber ich weiß ganz gut, daß ohne die bevorstehende italienische Reise – es hilft nichts, mein Herr und Gebieter läßt mich nicht einmal diesen Satz zu Ende schreiben. Ich ahne, daß ich mich in eine schreckliche Sklaverei verkauft habe. Gottlob, daß ich für den ärgsten Fall einen Sohn habe, mit dem ich drohen kann und der heute und immerdar lieb und werth behalten wird seine

kleine Mama.

N. S. Ich darf doch die Grüße des guten Lottchens nicht unterschlagen. Sie fragte gleich zuerst nach dir, mit einer allerliebsten kleinen Schwermuth, die sie aber nicht hinderte, jede Tour mitzutanzen und mit dem galanten Sohn des Bürgermeisters bei Tische ein Vielliebchen zu essen. So sind sie alle! Jugend hat keine Tugend, und Alter schützt –«

Ein langer Gedankenstrich schloß den Brief, und wohl eine Stunde saß Walter unbeweglich und blickte auf diesen Gedankenstrich. Erst als die Wirthin kam und fragte, ob sie die Lampe bringen solle, starrte er auf, verneinte die Frage und ging, den Brief sorgfältig in die Tasche steckend, in die Stadt hinunter, nach einem bescheidenen Weinstübchen, wo er Einmal in der Woche mit seinen Kameraden einen fröhlichen Abend feierte. Als er eine Stunde nach Mitternacht nach Hause kam, hörte ihn die Wirthin auf der Treppe ein Studentenlied singen, ganz gegen seine Gewohnheit. Was ihn nur so lustig gemacht hat? sagte sie bei sich selbst, indem sie die Decke über die Ohren zog. Er muß gute Nachricht von seinen Leuten bekommen haben. Das ist der erste Brief, nach welchem er singend zu Bett gegangen ist!

 **tredition**®

Über tredition

Eigenes Buch veröffentlichen

tredition wurde 2006 in Hamburg gegründet und hat seither mehrere tausend Buchtitel veröffentlicht. Autoren veröffentlichen in wenigen leichten Schritten gedruckte Bücher, e-Books und audio-Books. tredition hat das Ziel, die beste und fairste Veröffentlichungsmöglichkeit für Autoren zu bieten.

tredition wurde mit der Erkenntnis gegründet, dass nur etwa jedes 200. bei Verlagen eingereichte Manuskript veröffentlicht wird. Dabei hat jedes Buch seinen Markt, also seine Leser. tredition sorgt dafür, dass für jedes Buch die Leserschaft auch erreicht wird.

Im einzigartigen Literatur-Netzwerk von tredition bieten zahlreiche Literatur-Partner (das sind Lektoren, Übersetzer, Hörbuchsprecher und Illustratoren) ihre Dienstleistung an, um Manuskripte zu verbessern oder die Vielfalt zu erhöhen. Autoren vereinbaren direkt mit den Literatur-Partnern die Konditionen ihrer Zusammenarbeit und partizipieren gemeinsam am Erfolg des Buches.

Das gesamte Verlagsprogramm von tredition ist bei allen stationären Buchhandlungen und Online-Buchhändlern wie z. B. Amazon erhältlich. e-Books stehen bei den führenden Online-Portalen (z. B. iBookstore von Apple oder Kindle von Amazon) zum Verkauf.

Einfach leicht ein Buch veröffentlichen: **www.tredition.de**

Eigene Buchreihe oder eigenen Verlag gründen

Seit 2009 bietet tredition sein Verlagskonzept auch als sogenanntes "White-Label" an. Das bedeutet, dass andere Unternehmen, Institutionen und Personen risikofrei und unkompliziert selbst zum Herausgeber von Büchern und Buchreihen unter eigener Marke werden können. tredition übernimmt dabei das komplette Herstellungs- und Distributionsrisiko.

Zahlreiche Zeitschriften-, Zeitungs- und Buchverlage, Universitäten, Forschungseinrichtungen u.v.m. nutzen diese Dienstleistung von tredition, um unter eigener Marke ohne Risiko Bücher zu verlegen.

Alle Informationen im Internet: **www.tredition.de/fuer-verlage**

tredition wurde mit mehreren Innovationspreisen ausgezeichnet, u. a. mit dem Webfuture Award und dem Innovationspreis der Buch Digitale.

tredition ist Mitglied im Börsenverein des Deutschen Buchhandels.

Dieses Werk elektronisch lesen

Dieses Werk ist Teil der Gutenberg-DE Edition DVD. Diese enthält das komplette Archiv des Projekt Gutenberg-DE. Die DVD ist im Internet erhältlich auf **http://gutenbergshop.abc.de**

Zeitfracht Medien GmbH
Ferdinand-Jühlke-Straße 7
99095 Erfurt, Deutschland
produktsicherheit@kolibri360.de